大江源记

徐晓光 著

青海人民出版社

图书在版编目（CIP）数据

大江源记 / 徐晓光著 . -- 西宁：青海人民出版社，2022.8（2024.4 重印）
ISBN 978-7-225-06276-1

Ⅰ . ①大… Ⅱ . ①徐… Ⅲ . ①散文—中国—当代 Ⅳ . ① I267

中国版本图书馆 CIP 数据核字 (2022) 第 117785 号

大江源记

徐晓光 著

出 版 人	樊原成
出版发行	青海人民出版社有限责任公司
	西宁市五四西路 71 号 邮政编码：810023 电话：（0971）6143426（总编室）
发行热线	（0971）6143516 / 6137730
网　　址	http://www.qhrmcbs.com
印　　刷	陕西龙山海天艺术印务有限公司
经　　销	新华书店
开　　本	890 mm × 1240 mm　1/32
印　　张	8.25
字　　数	200 千
版　　次	2022 年 8 月第 1 版　2024 年 4 月第 4 次印刷
书　　号	ISBN 978-7-225-06276-1
定　　价	52.00 元

版权所有　侵权必究

序一

科考勇士无险途

人类早期的探险仅仅出于"征服自然"之目的。首次登上珠峰的希拉里和丹增只是完成单一高度指标，刷新了自己的登高极限，并非探寻科学真理。珠峰依然巍峨耸立，藐视群雄。

我们的民间独立科考队，一直以来的目的是为了呼吁全社会重视维护地球第三极原始生态系统的完整性，保护中华水塔不再因人为决策失误而造成巨大创伤，避免国家再度出现巨额经济损失和世纪性悲剧工程。本书作者记录了几位肩负使命感和社会责任感的民间科考队员，自筹资金调研西线调水工程是否可行的故事。

民间科考探险队员们自掏腰包并四处募集资金，写好了遗书安排好了后事，以七尺男儿对国家及社会的庄严责任和一腔热血，在获得政府批准后，带着简陋的装备数次进入广袤的三江源进行深入细致的实地勘查，获取了珍贵的第一手水文资料。

众所周知，高原科考一般是选择在气温高、风速小的夏季进行，然而他们的实地勘察就是为了验证在地质条件极其复杂的世界屋脊地区能否建筑水利工程，为此他们必须在能冻裂石头的季节进入各拉丹东和可可西里，了解零下50多度的中华水塔腹地到底是什么状态。

你无法想象在世界屋脊的严冬里，男人小便落在地上竟然冻成一节节冰棒！没人敢给他们做向导和挑夫，他们只有集探险、科研、记者、摄影、司机、挑夫、厨师、医生等多种身份于一身，才能完成预定的全部考察项目。

这几名"铁血奇侠"多次与死神擦肩而过，他们克服了无数艰难险阻，谱写了人类首次成功冬季考察各拉丹东和可可西里地质、水文、冰川及三江源区生态系统的崭新篇章！

本书作者徐晓光是我国杰出的民间探险家队伍中的一员、也是一位资深的探险作家和生态环保志愿者。他二十年如一日在青藏高原一线做生态系统现状及变化趋势调研，与著名地质、生态及地质灾害学专业探险家杨勇先生共同完成了让专业人士刮目相看的科学考察工作，填补了冬季三江源区的环境面貌和本底数据的空白，创出了以民间独立科学考察论文影响政府决策的纪录，考察结论让业内人士震惊！

一个民族、一个国家绝对不可缺少探险和献身精神，这是人类不断创新的原动力！在庆贺他们舍命探寻科学真理取得重大成功的同时，又欣慰于他们给户外极限运动发烧友及越野车爱好者提供了丰富的野外生存和自救经验，在书中与他们分享历尽艰险、共度难关的分分秒秒会带给你突破自我和战胜困难的必胜信心！

王方辰

2021年10月8日

序二

相遇在大江的源头

可以说，生命中的某些遇见，是今生的注定，如同我和本书的作者。那是一条著名的大江带来的机缘，它从我生活的高原出发，一路滔滔东流，抵达他的城市宜昌，早已烟波荡漾，闻名天下。相隔千里，却滋养出共饮一江水的感恩情怀，溯源而上，去拜谒魂牵梦绕的大江出生的摇篮，是发自我们心灵的呼唤。

2017年初夏，我终于站在了长江源头各拉丹东那巨大的冰川下，瞬间大脑一片空白，尽管在这之前已经多次看到摄影家们拍摄的冰川图片，但身临其境，灵魂完全被苍穹下自然的伟力与神圣所击中。这一刻，我并不知道，先我之前有位名叫徐晓光的探险作家，也曾站在某个位置，面对这座矗立在母亲河源头的冰雪圣殿，同样的心头发颤，同样的仰视与膜拜。直到我遇见他的文字。

如果没有抵达各拉丹东冰川那次跌宕起伏、铭心刻骨的生命经历，在浩如烟海的文字中，我也许和这部《大江源记》的书稿擦肩而过。但一个偶然的机会，当我读到其中的片段，立刻被迸发在字里行间的生命激情所打动。文学有时就是这样奇妙，仅凭文字散发出的气息，便能寻觅到相通的心灵。

《大江源记》一书，是作者于2006年和2007年参与的一支民间自发组织的科考队，奔赴长江源头进行南水北调西线调水工程野外考察的现场记录。正因为是非正规军，他们简陋的装备，拮据的资金，才为此行笼罩了一抹悲壮的色彩。也正是他们创下的带有传奇性与不可复制的探险科考奇迹，为我们开拓出全新的阅读视域。

这是一部站立在长江源头并眺望远方的文本，那一颗颗深入到高原大地经络的文字，表面粗粝、沉实，直抒胸臆，而涌动着滚烫热血和震撼心灵的内里却引领我们迈出自己的世界，走向那片杳无人迹、天地壮阔的荒野。人说文如其人，果然，这位15岁就成为中国军人，复员后又做了铁路刑警、警察教官的他，似乎浑身上下的每个毛孔都张扬出铮铮铁骨的气味。之后一系列的极限挑战，滑翔伞飞行、江河漂流、探险科考，几次扣响了死神的门扉。与其说是再度锻造了他的筋骨与意志，不如说是一次次深度的生命体验，在倾注了对大地深情的同时，更升华了对生命价值的认知。假如有人对作者的选择产生好奇，可以看下他是如何说的："我不是那种把脑袋别在裤带上轻视生命的人。我非常珍爱这个美丽的蔚蓝色星球和生存在这个星球上的一切生灵。我喜欢徜徉在对未知世界的探索之中，那是一个无以言喻的美妙过程，虽然它充满着未知的不确定的风险，甚至是凶险，但那种永远的好奇已经深深地无可救药地融化在自己的血液之中，当行走成为自己生命中的一部分时，就像灵魂附体，不会让你回头。每一次的行走都会掀开你生命中新的一页，只要自己一息尚存，就会继续走，那是生命里不朽的动力。"

的确，跟随作者重述三江源生死之旅的笔触，一条步步惊心、无法预知的险途在我们眼前徐徐铺展。其间那些挑战生命极限的困难也接踵而来，缺氧、酷寒、高反、陷车、迷路、饮用水和食物的短缺……在层出不穷的逆境中，与作者同行的勇士们的面目也一个个跃然纸上。这些流淌着相似血液，怀揣着共同梦想，发散着同类精神气质的汉子，天南地北聚拢在一起，那是生命与生命的相遇。自踏上探险远征那一刻起，他们已结成风雨同舟的生死哥们。特别是科考队领队、中国著名探险家、地质生态学家杨勇先生鲜活的形象无处不在，其见识广博，平和果敢，让人敬慕。

　　正是这些拥有着无畏英雄精神和浓厚自然情怀的身影，为我们串连起一个个温暖感动的瞬间。"尧茂书大哥，我们来看你来了！杨勇一声带着哭腔的四川话，回荡在幽深的空谷，催人泪下。乌云暗哑，江水嘶鸣，带着满腔的悲痛咆哮东流。我们以水代酒，洒向远去的江水。我们以烟代香，杨勇拿出长江考察报告，队员们签上自己的名字，慢慢焚化，朗声齐诵：尧大哥，英灵永在，后继有人，你安息吧！"读到这里，我恍然也置身其中，在通伽峡畔凛冽的风中，潸然泪下。

　　整个文本气象雄浑，仿佛电影，一幕幕场景惊心动魄地从眼前掠过：那一阵狂风骤雨就被掀翻的简易帐篷；那因为高反引起的剧烈牙疼；那在零下40多度被冻掉的脚趾甲；那发着高烧独自驾车冲向几十公里外的县医院，差点引起致命的肺水肿；那在冰河上翻车的瞬间，脑子里闪过的是"怎么会死得这么窝囊"，等等。还有一个情节，也特别触动了我：在一段十分危险的直角陡坡，作者建议同伴下车徒步，自己驾车，没想到同伴说：要下一起下吧，我要睡觉。一次生死之旅，见证了他们同生死、共患难的深情厚谊。还有那些生活在天边，对外界知之甚少，却留存着人性本真的善良、质朴的当地群众，透过作者的眼睛，为我们还原了这样一个族群生活的原貌。他们沿途给予考察队的无私帮助，是文本传递给我们的无尽温暖。

除此之外，书稿配发的大量图片，都是直面现场的原真记录，这些顶礼大自然的摄影作品，栖息着作者的灵魂与情感，让我们在欣赏到许多难以遇见的天籁之美的同时，也见识了长江源头自然生态的变化及当地居民的烟火生活，它们保存下来的原始景观记忆，无论从人文精神还是科学依据，都为这个世界留存了一份无比珍贵的影像档案。同时，饱含着真诚的悲悯情怀和忧患良知的这些图片，与呈现作者内心颜色的文字搭建得如此和谐完美，更让我们领略到了文本涌动的力量。

就我个人感觉，《大江源记》可以作为多视角的读本，探险精神、科考记录、图片写真，甚至可以作为户外发烧友的自救指南，每一位读者都能从中摄取照亮自己的那束光芒。能升华到如此境界，源于作者深厚的生活积淀和独特的生命觉醒。在我看来，作者的每一次远行，本质上其实是一场心灵的救赎之旅，险途带来的挑战和自由，不时地让他重温随岁月而远逝的英雄血性和生命豪情，正如他在文中所言：一个行者的结束不应该是在床上，而是在路上！

这个春天，我带着刚刚打印好的这部书稿清样，飞向作者生活的城市，途经春光浸润的武汉，还是无法抹去一年前的悲情带来的感伤。抵达宜昌，我看到了穿城而过的长江，宽阔、坦荡，飘散出我早已熟悉的气息。而长江的慈悲与坚韧，也同样濡染了这座城市的性格。几天里，和作者及他的朋友在一起品茗论道，有如在高原与康巴汉子把酒放歌，率真豪气，酣畅淋漓。最让我怦然心动的，是在书稿图片里多次目睹，穿越过江源冰雪大地的那辆越野，明亮的娇黄色和独特的车型在寂静的荒野和城市的车流中都十分醒目。如影随形陪伴作者十余年，正在慢慢老去的它不断地被修补，却也舍不得放弃。坐进这洒满阳光色泽的车子，我的确能体味到，它已和作者的生命融为一体，成为他情感皈依的标志。

离开宜昌时，我坐高铁前往武汉乘机，当这座承载着长江气韵的城市渐渐退出我的视线，泪水突然抑制不住地滚滚滑落……其实，很难说清我为何百感交集，只是有句话："总有一种力量让我们泪流满面"，它曾写在《南方周末》某年的新年贺词里，在那一瞬间突然在我的内心苏醒。

最后，向这条伟大的河流献上我深情的敬意！

张忠渭
辛丑年十月二十日凌晨于西宁

序一　科考勇士无险途　1
序二　相遇在大江的源头　3

目录
CONTENTS

第壹章

一路向西　4
走过跑马溜溜的地方　12
猎狐鱼最后的家　14
通伽峡畔祭英灵　22
奔达乡的阿翁土登　24
献一片虔诚在玉树　28
在邦布寺看修佛塔　32

第贰章

从当曲源开始的漂流　40
视觉的天堂 身体的炼狱　45
一次悲催的失误　50
漂过当曲第一桥　56
七彩斑斓的地热奇观　64
平水舵手税大师　70
深藏在巴茸狼纳山下的泉华台　77
通天河：通往天堂的大河　82
磨曲对岸飘来的羊肉香　89
索加乡的白玛兄弟　93
与美国漂流队相遇在通天河　94
仁钦达吉和他的气象站　100

第叁章

冰河上的华尔兹　　108
通天河最后的村庄　　116
留在冰河上的车辙　　125
穿越野牛沟　　134
遇险尕尔曲　　143

第肆章

消失了的曲麻莱老县城　　156
在治多与肺水肿赛跑　　160
贡萨寺：雪豹与求水的故事　　163
听尼玛讲藏野驴　　170
冬季放牧点的扎西美拉　　175
冰河翻车的生死瞬间　　182
与死神擦肩而过的警示（生存小贴士）　　191

第伍章

冲出当曲湿地的沼泽　　198
惊魂高原：轮飞又撞山　　202
沱沱河生态保护站　　207
一位大学生的三江源考察日记　　214
来自青藏高原的呼唤　　224
大江之源：永远的记忆　　230

附录：高原冰雪行车、陷车自救宝典　　239
后记：走过的不是路　　253

第 壹 章　Chapter 1
DaJiang YuanJi

一路向西

走过跑马溜溜的地方

猎狐鱼最后的家

通伽峡畔祭英灵

奔达乡的阿翁土登

献一片虔诚在玉树

在邦布寺看修佛塔

●●●他用生命之火沸腾了后来者的血液，对于中国的探险者来说，他犹如巍巍的昆仑山一样不朽。在他的激励下，随后轰轰烈烈的长江漂流中，酷烈的大江又无情地吞噬了10位英雄的生命。在宁静的通伽峡上空，一个英灵在默默地注视着我们。

一路向西

时间回溯到2006年8月7日,飞机从格尔木机场腾空而起,一头钻进阴霾的天空,穿过厚厚的云层,阳光很快倾泻出来。俯首望去,大片隆起的黄色褶皱依稀可见,这是昆仑山脉特有的地貌,那些河流干涸的印迹像大地残存的泪痕,折射着落日的余辉。

横断山脉,拥有三江并流的自然奇观:金沙江、澜沧江、怒江三条大江,此外还有众多的江河从横断山脉在广袤的中国大陆奔流而下,乳汁一样养育着中下游数亿的中华儿女。三江并流地区集中了北半球南亚热带、中亚热带、北亚热带、暖温带、温带、寒温带、寒带的多种气候和生物群落,是地球最直观的体温表

从川西到青海

考察队长杨勇在发布会上

和中国珍稀濒危动植物的避难所。专家称：三江并流地区是地球最后的净土。

大河是人类文明的摇篮。

水——生命的基本元素，地球蓝色的血液，但如今它面临着巨大危机。大约20年前，一个资源战略家曾经写过一本《21世纪——为水而战》的书，预言水将是未来国与国之间引发战争的导火索，但振聋发聩的声音，很快淹没在谈论经济发展的声浪里。

在广袤而又深不可测的宇宙里，万物生命也许只是弹指一挥间，但生命的意义却是永恒的。此刻面对那些绵延的山冈、蜿蜒的河流以及我厮守多日的土地，都已变成了我生命中无法抹去的牵挂……

2006年7月13日，《四川日报》以"踏勘'南水北调'西线，南水北调考察队赴三江源考察"为标题，报道了我们八条汉子奔赴长江源头的消息。文章说：南水北调西线调水工程，规模比东线、中线大得多，需穿过唐古拉山、巴颜喀拉山，打

从通天河到沱沱河

一个简短的发布会后,"八青年"考察队从成都出发

通很长的隧道。如此巨大工程,需要大量而系统的地质、地貌、水源等一手考察资料,而目前存在着最新考察资料偏少的问题。

为"南水北调"西线调水工程做扎实的野外考察,中科院成都地理所客座研究员杨勇带队的八青年,日前由成都出发,赴长江三源楚玛尔河、沱沱河、当曲及周围广大地区进行实地考察……(记者戴善奎)

随后,2006年7月31日中国西部网又以"八青年踏勘'西线调水',长江源头有新发现"为题,报道了我们:"……7月26日,历经13天的漂流考察,开展'西线调水'踏勘的蜀中八青年杨勇、李国平、耿栋、杨西虎、杨帆、刘砚、徐晓光、税晓洁,在全程穿行当曲并考察周围地区后,折返青海杂多县,带回大量翔实的实地感受记录及资料……

"当曲、沱沱河、楚玛尔河为长江三源。其中,沱沱河一直被地理学界视为长江正源。鉴于当曲的水量与河床宽度(沱沱河的水量只有当曲的四分之一左右),在各江交汇时,当曲尤显壮阔,曾被一些国内外学者认为应取代沱沱河成为长江正源。因此,八青年将其作为水资源考察的首站……"

虽然当时我们已经是平均年龄近五旬的"老青年",但看到"青年"这两个久违的字眼,似乎打了一针鸡血,忽然间活力四射,腰杆子也直起许多。此后我们在媒体上出现也多以"八青年"冠名。

先说一下长江源头。长江源区由正源沱沱河、南源当曲、北源楚玛尔河组成。沱沱河与当曲汇合后,叫通天河。通天河在青海玉树接纳巴塘河后进入西藏自治区和四川省交界处的高山峡谷之间,称为金沙江。金沙江穿过云贵高原北侧,流到四川宜宾市与北面流来的岷江汇合后,才正式称为长江。

中国普遍沿用的长江源头标准概念,出自 1978 年 1 月 13 日新华社通稿:"经长江流域规划办公室组织的查勘结果表明,长江源头……在唐古拉山脉主峰各拉丹东雪山西南侧的沱沱河

杂多红土地

通天河峡谷

2009年考察队翻越海拔5400米各拉丹东东坡

……长江源头地区主要有5条较大的水流……其中沱沱河最长，计375公里，当曲第二，其余较短。按照'河源唯远'的原则，沱沱河应为长江正源……"

当曲是长江源区水量和流域面积最大的源流，科学界曾提出应作为长江正源的河流。但迄今这一观点始终处于争议中。

当曲正源发源于唐古拉山脉东段，海拔5000余米。据初步资料显示，这里是中国最大、最厚的泥炭沼泽地，泥炭资源丰富。当曲沿岸水草丰美，是季节性游牧区，每年5—7月间是放牧的旺季。源区野生动物很多，主要为白唇鹿、藏野驴、斑头雁及河中重唇鱼。当曲源区西部为各拉丹冬雪山，东坡为冰川和从唐古拉山脉中发源的布曲和尕尔曲两大河流。

当曲与沱沱河交汇处

当曲源区的牧民

我们这次去当曲及其他源头,并不是为了求证江源长短,考察队目标是求证其生态环境在退化还是在进化,长江源区到底有多少水可以调动?来为政府提供一份客观的南水北调西线生态资料,并以民间的科学力量影响政府的决策,同时把读者带到那广袤的大江源区,和我们一起感受祖国壮丽的山河!

让时光倒流到2006年7月4日。

成都,一个朋友赞助的餐厅,门口悬挂着"南水北调西线

杂多源区的牧民

工程生态环境独立考察研究项目新闻通气会"的横幅。那天来应召的志愿者人数并不理想，准备也略显不足，这与杨勇行事做人一贯低调有关，漫漫征程，风险莫测，让人难以想象结果。

出发那天，由于新闻通气会的效应，一位北京理工大学的博士生一大早就提着行李赶到出发地，恳求杨勇把他带上。他说自己的毕业论文就是南水北调。但我们的两台车子已经

可可西里库赛湖

考察队越过巴颜喀拉山

没有任何空间了,何况对他的情况一无所知。面对他的火热激情,杨勇硬起心肠拒绝了。磨了4个多小时的博士,直到队伍出发才失望地离去。其实我们也替他遗憾,这个机会对他来说可能太重要了。

上路了,我们用自己的手机发了数百条同样内容的短信。

回复的短信,是炽热的语言和激扬的文字。《中国环境报》新闻中心的记者丁品,多年来坚持参加可可西里保护藏羚羊的活动,也曾经随同我们加入"三峡问候珠峰"摩托车环保万里行车队。这位穿越过滇藏线、青藏线的哥们,满怀激情发来诗词:

——我们已于今日出发,奔赴长江正、南、北三源进行"地毯"式考察,请关注长江的命运,关注中国的"肾脏"。为了母亲河,我们一直在努力!请支持我们!杨勇。

见信如晤!此行长江寻源,弟不能躬逢其盛,甚憾!前途凶险,还望多保重!拙作一首为赠,聊壮行色:

大漠三江首,
冰山壮士门。
情操凝作雪,
日夜总销魂。
几多慷慨,
几多悲壮!

走过跑马溜溜的地方

7月6日上午我们从大渡河出发，经康定，目标直指道孚。道孚，在甘孜自治州中享有油画之乡、歌舞之乡的美誉。

进入道孚境内，道路两侧红白相间的狼毒花竞相开放，点缀着绿色的草原，令人赏心悦目。

晚上9点左右，细雨蒙蒙中，汽车驶进了道孚县城。1号车队长杨勇发现路边有一家藏式风格浓郁的客栈，没多想就一头拐了进去。

这家客栈的女主人叫洛绒卓玛，长得端正秀丽。两层建筑朱红雕梁，藏式壁画点缀其间。我发现了卓玛的一张着藏族服装唱歌的照片，询问得知，这是她个人音乐CD的封面。原来她早年是康定歌舞团的演员，现在道孚县文化局工作。姐姐是四川音乐学院的声乐教授，侄女央金现在中央电视台"梦想中国"激烈PK，已进入前八名。后天，也就是8日，是央金决赛的日子。随便走进一家人就如此了得，真不愧是歌舞之乡。

我拿出随身带来的MTV《故乡的老槐树》和《呼唤在布达拉》，在VCD机上播放，想听听卓玛的见解。听后，卓玛认为歌词、

卓玛的客栈

考察队的"帕瓦罗蒂"李国平与卓玛

旋律很美,只是歌手不大了解藏族民歌的特点,随后她跟着旋律唱了起来,果然不一般,余音绕梁,令人不得不由衷感叹雪域高原所赋予藏族歌手特有的天赋。她送给我两盘自己的专辑,我赠她了《呼唤在布达拉》,她答应将这首歌交给央金演唱。

第二天早上,卓玛为我们煮好早餐。早餐时播放着卓玛的专辑,随后我们推出考察队的李国平和卓玛PK(对歌)。老李被称为"帕瓦罗蒂第二",据说还在成都音乐学院拜过师,从成都开车出发一路唱来,听起来的确有些功底。

他们选定《敖包相会》,一开腔老李的嗓子就像被人掐住了似的,往日在车上的淋漓酣畅早跑到了九霄云外。而卓玛却声情并茂,再配以优美的形体语言,"帕瓦罗蒂"先生只好擦一把汗败下阵来,自嘲道:没真正上过台,紧张,连平时水平的百分之六十都没发挥出来。

出发时,卓玛端来了酥油茶,给我们每人斟了一碗,然后用食指沾着酥油,轻轻弹向天空,用藏语唱起了祝福歌。我们一饮而尽,在她动听的歌声中踏上了前往石渠的路。

大家说,洛绒卓玛的家一定要再来一次才好。

卡萨湖

猎狐鱼最后的家

途经康定,缘于杨勇的人脉和社会影响力,虽说是民间独立考察,但依然受到当地政府的热情接待。午宴品尝到当地特产——松茸。据说很是珍贵,仔细咀嚼,感觉不过是蘑菇而已。席间,甘孜水利局的领导肖兴庆给我们提供了一份关于调水后对当地环境和生态方面影响的资料,他说了一句令我印象很深的话:"老天爷对甘孜不公平啊,气候好的没有土地,有土地的气候又恶劣。"

在甘孜康巴温泉宾馆,杨勇问政府办公室主任达瓦:对于调水，政府有什么态度？诚实和顺从的干部达瓦回答：这是大政策，政府嘛，肯定支持。杨勇：群众有什么意见？达瓦：群众不会有什么意见。席间湖北人民广播电台的何广林打来电话请求连线采访，谈一下青藏铁路的风光。我说我们还在川西和雅砻江的峡谷里转圈，青藏铁路在哪里还不知道哦！

从石渠出来，在草原上左突右转后，才折向一条由泥土和石头构成，靠人走牛踩出的勉强叫作"路"的路。翻过雅砻江和金沙江的分水岭（海拔4800米），再穿过由石灰岩碎末铺就的峡谷，3个小时后，我们到了金沙江边的洛须。在进入洛须之前，一个村民开着拖拉机把杨勇的头车撞了，幸亏损失不大。

从狭窄的金沙江峡谷穿出来，出现在眼前的洛须，让人猛

金沙江王大龙百余年前大塌方地段

金沙江美丽的宽缓谷地

当曲

然间有一种豁然开朗的感觉。这样一个偏僻的小镇还算有些规模,街面店铺的商品虽然落后于内地很多,货架上各种饮料却琳琅满目。杨勇说,金沙江有两个著名的宽缓谷地,这里是金沙江形成后的第一个宽缓谷地,另一个在云南的石鼓。

宽缓谷地水草茂盛,散养的牛羊、大片绿油油的庄稼炫耀着谷地的富饶。美丽的湿地,栖息着许多不知名的水鸟,空气中混杂着青草和野花的气息。

从峡谷里冲出来的金沙江在洛须变得浩浩荡荡。网状水系把金沙江切割得立体而有层次。江对岸是西藏江达县的江达乡,几幢低矮的藏族平房像微缩景观伫立在江边,与背后的岩石浑然一体。远处冷峻的山峰,俯瞰着宁静的通天河谷。

沿江而上,不时要越过碎石滩和干湿交织的沼泽。在一个高地,我们看到了玉带般的巴塘河汇入了金沙江,自此,金沙江的名字就叫作通天河了。这里海拔3400米。

赴增达乡途中,山体塌方将一段可怜的小路推入江中。那个石方之大,要靠我们自己挖,没有几天是不行的,幸亏乡长四朗多登闻讯带着人赶到了现场,众多藏族小伙子挥汗如雨使劲地刨着、挖着。这条羊肠小道,对生活在深山峡谷中的通天河畔的人,就是生命线。临别时,杨勇送给四朗多登一本那年他发起的雅鲁藏布江漂流纪念册。

从道孚出发没多久,就遇到了暴雨。高原天,孩子的脸,刚才还是天空湛蓝、阳光灿烂,顷刻就乌云压顶,暴雨倾盆。雨珠爆豆般地击打在车窗上,雨刮器用最快的速度急速摆动,窗外已一团模糊。剧烈的颠簸使人像笼子里

增达乡的四朗多登乡长带着人抢修塌方地段

四朗多登为我们指路

受惊吓的小鸟一样乱窜乱蹦，脑瓜不停地撞在坚硬的顶棚上，使我有幸在大白天就看到了满天星星。

　　石渠县城海拔4200米，号称"太阳之城"。它的许多牧场都在海拔5000米以上。随着海拔不断上升，高原反应也慢慢淹没了所有人。"帕瓦罗蒂"的歌声慢慢消失，头开始出现阵痛，困意也渐渐袭来。开车的耿栋不断打着哈欠，揉着眼睛，强打着精神紧盯着路面。耿栋在一家国际环保机构供职，是个摄影家。

通天河通伽峡风景

经常随考察队深入滇藏一带活动,有着熟练的野外驾驶技术。

到石渠已是晚上10点了,高原小城已深埋在浓浓的夜幕中。我们好不容易看到一家亮灯的旅馆,连名字都没看就开了进去。住下后,点了个火锅,却没多大的胃口。几个"老高原"也有反应,跟我要了"百服宁"就去睡了。我饭后也吃了片药,头痛倒是很快减弱,睡意却一点没有,一夜辗转反侧挨到天亮。

早上不到6点,高原那强烈的阳光就从窗外闯了进来。洗漱完毕上街去,街上路人稀少,只有那些撑得肚子滚圆的流浪狗横七竖八地卧在马路上。石渠的狗无疑是世界上最幸福的狗,栖居在太阳之城,享受着世界上最早的阳光,慵懒又无虑……

石渠只有两家网吧，这是我拖着沉重的脚步走遍了县城得出的数据。我刚给报社发了几张照片，手机传来杨勇的短信，说是石渠水利局的同志在等我们，请我接洽。我立即出门顺着大街寻找水利局。

如果按照内地习惯到这里找政府部门，那就错了。石渠及很多涉藏地区县城的单位没挂招牌，而且石渠的单位大门还多是藏文，我只好去问路。第一个路人把我指引到了税务局，第二个把我指引到了畜牧局。最后我终于找到了"水利局"，此地原来叫"水电局"。一切都是语言不通造成的故事，但是在海拔4000多米的高原，疲于奔命般的"散步"的确不是件享受的事。

川西石渠风情

扎溪卡草原

通伽峡畔祭英灵

7月8日下午,考察队越过巴塘河与金沙江、通天河的分界点,碧绿的巴塘河从西藏一侧注入,泾渭分明地切割出金沙江与通天河的分界线。继续溯通天河而上,峡谷变得更为狭窄,江水湍急,两岸幽暗的群山透着冷峻的威严。

晚上8点半考察队抵达通伽峡,在长江漂流勇士尧茂书遇难的地方,车队停了下来。20年前的今天,尧茂书,一个热血的汉子用自己的生命演绎了惊天地、泣鬼神的一幕。

他用生命之火沸腾了后来者的血液,对于中国的探险者来说,他犹如巍巍的昆仑山一样不朽。在他的激励下,随后轰轰烈烈的长江漂流中,酷烈的大江又无情地吞噬了10位英雄的生命。在宁静的通伽峡上空,一个英灵在默默地注视着我们。

"尧茂书大哥,我们来看你来了!"杨勇一声

尧茂书纪念碑

纪念尧茂书的嘛呢堆

带着哭腔的四川话，回荡在幽深的空谷，催人泪下。乌云喑哑，江水嘶鸣，带着满腔的悲痛咆哮东流。我们以水代酒，洒向远去的江水。我们以烟代香，杨勇拿出长江考察报告，队员们签上自己的名字，慢慢焚化，朗声齐诵："尧大哥，英灵永在，后继有人，你安息吧！"

在通伽峡上游，淳朴的藏族群众自发为尧茂书堆了一个简朴的嘛呢堆，守望着通伽峡上空孤寂的英灵。江水奔腾，似乎在娓娓诉说着一个英雄的传奇。

7月11日上午，考察队携带祭品专程从玉树折返至通天河直门达大桥，桥下有一块1986年中国长江科学考察队为尧茂书立下的纪念碑。考察队在为纪念碑除草、献花祭奠的时候，在一旁大桥施工的中铁十九局的工人们也来了不少，他们听队员介绍尧茂书和中国长江漂流探险队的故事后，朴实的工人们很感动，纷纷也要求和纪念碑合影。

一个年轻的工人这样问我："他去漂流，一定很有钱吧？"

"没有钱。"

"没有钱，还搭上命，那去漂啥子嘛！"

我无言以对。

考察队长杨勇在祭奠

建桥工人听罢这个纪念碑主人的故事也要求合影

英雄，永远是一个民族、一个国家的脊梁！一个民族的血液里如果没有英雄主义的基因，就算人口众多、幅员辽阔，能算是一个伟大的民族吗？

奔达乡的阿翁土登

凌晨1点半，我们摸黑到了奔达乡——这是通天河边一个看不见灯火的村子。奔达乡是离通天河与金沙江衔接区域最近的乡。

这条沿着通天河蜿蜒曲折的砂石土路，不时冒出一个导航上都找不到的岔路。在此之前我们一行在看不到任何参照物的

奔达乡唯一通往外界的公路

情况下，在大山里转悠了很久。

黑灯瞎火间，终于盼来了"救星"——一个穿军装的黑脸汉子不知从哪里冒了出来，帮着我们把车引进了一个院子。他汉话流利，自称是乡武装部的干部，30岁，叫阿翁土登。院子就是他的家，阿翁土登全家总动员开始做饭。

他说曾在石家庄当过兵，在那里学会了做汉族的饭，尤其是蛋炒饭。这顿饭好丰盛——蛋炒饭、酥油糌粑、油炸麻花……还有一种当地产的不知名的水果。阿翁土登家里人很多，大人小孩，屋子里似乎都是黑乎乎的脑袋，他们露出亮晶晶的白牙，笑嘻嘻地看着我们这些狼吞虎咽的人。在这里，一年也难见一个外人，外来人的一举一动都给他们带来新鲜的视觉感受。

那个夜晚，最难忘的是一家人赤子般的笑容和通天河上皎洁的月亮。那笑，那月，都金贵得令人心醉，尤其当我们回到了自己家里就更觉如此。也许，情感这东西在高原也会有质的反应吧。

当过兵的阿翁土登很健谈。他说这里的土产是虫草，每斤收购价是一万八千元，拉萨可以卖到3万，到了北京就是10万

阿翁土登家那顿饭真叫个丰盛

了。每年有几万人涌到这里收购，虫草现在也越来越难挖了。去年老婆光采虫草就挣了1万多，再说自家地里还种了不少青稞，自己有1400元的月工资……还有很威风的军装，很知足了。他毫不避讳自己的家底，没有我们这些城里人所谓"隐私"的顾虑，真诚地如同高原那澄澈的天。

杨勇谈起1986的长江漂流，那次他在这里扎过营，一位慈祥的活佛在江边为漂流队祈祷平安。阿翁土登说自己当时虽然年幼，但依然记得那个在通伽峡遇难的汉人（尧茂书），他的阿妈也到现场去了，江边那个嘛呢堆就是他们为那个汉人垒的。

谈起调水，杨勇说，通天河上游将开凿一个200公里长、8米高的隧道，这条隧道将把雅砻江和通天河的水引流，我们眼前汹涌浩荡的通天河将失去相当大的水量，也将影响到溪洛渡电站每年60万千瓦的发电和20亿元的电力收入，还将引起众多梯级电站每年280万千瓦的电力损失……也许这一切都是为了避免更大的损失，为子孙后代谋求更大的福祉。

阿翁土登不大懂杨勇的那些专业术语，他说，他们不用通天河的水，他花了2000元买了一个水力发电机，往山上水沟里一放，家里用电就不愁了。阿翁土登的话质朴、简单，并没有因此带来的不安和痛苦。

阿翁土登一家

奔达乡的早晨

通过通伽峡落石区

  中国许多少数民族拥有最贫瘠的土地,也拥有最丰富的自然资源,但却一直以最简陋的生活方式繁衍生息,维护着生态资源原始的神圣,我们必须得向他们致敬!

  临睡前,阿翁土登担心地说:我们明天的路程上有一段落石区,要万分小心。那天晚上我们睡在他孩子们的床上,却不知他们一家在哪过的夜。这份真诚,无需多言,只需默默接受。

第二天出发前,杨勇要给阿翁土登结算饭钱和住宿费,却遭到全家坚决的反对。我们只好在一起合影,依依不舍地分手了。

献一片虔诚在玉树

越过通天河直门达大桥,我们就告别了四川石渠的环山小路,进入了青海玉树的地界。平坦的公路和刚才走过的通天河河谷小道真是天壤之别。汽车轮胎在柏油路面发出沙沙地响声,令人心旷神怡。

玉树,一个藏、汉、回等多民族混居的城市,各自的生活习惯和文化符号在这里相互交融。

正在修建的通天河大桥

站在四川境内看对岸的青海

嘛呢堆周围,有着经久不息的朝圣者,他们服饰各异,神情庄严虔诚,不停推动着巨大的经筒,将一种虔诚,缓缓传递到你的心灵。

我们也献上各自购买的嘛呢石,替自己的亲朋好友安放永恒的祝福。

安置妥住处,三江源环境保护协会秘书长扎西提供消息说,当曲源区的两个乡长也在玉树州上开会,准备这两天回乡,一起走,可以避免走弯路,让我们再等两天。

第二天,我和税晓洁带着中国治理荒漠化基金会的介绍信到州政府拜访,一位副主任很客气地接待了我们,郑重地在介绍信上签字盖章,大意是,源区各地的同志给予协助为盼之类,我把这个已经升值的纸片放进防水袋里,小心翼翼地揣在了怀里。在随后的日子里,这几个字的价值就慢慢显示出来了。

后面这两天,我们开始对车辆进行保养,采购食品及漂流考察的诸多零碎物件。计划到侧房沟后再借道称多,希望在称多县政府那里取得一些水文资料。

世界最大的嘛呢堆,凝聚着信仰聚集的强大气场

玉树卖嘛呢石的妇女

原来答应赞助帐篷的一家公司,直到出发仍然没有消息。无奈费用拮据的杨勇只得到街上买了两顶藏族民众使用的简易布帐篷,每顶80元。后来才知道,这种帐篷只是藏族人用来在放牧时喝下午茶的。这两顶布帐篷在后来的漂流中,让我们吃了不少苦头,后面有专文描述。

离开玉树不久,从直门达大桥切入到逆通天河而上的小路。南水北调工程,即将在一个叫侧房沟的地方筑坝。我和耿栋、老李乘坐的三菱吉普车由于耗油量巨大,当省油的陆风车还有一半油的时候,三菱车的燃油警告灯就开始亮起。

这里也有我们的祝福和祈愿

由于对前方路况的不熟悉以及均要继续返回玉树，不能和陆风车一道继续前往侧房沟。为稳妥起见，决定在玉树会合。返城途中决定去造访一下屹立在山顶的邦布寺。

玉树新寨嘛呢石城

格萨尔雕像

在邦布寺看修佛塔

邦布寺,坐落在称多县拉布乡境内一个叫才茸隆沟的地方。海拔3781米,距通天河只有3公里。据寺内的僧人介绍,此寺建于15世纪中叶,已经有900多年的历史,为萨迦派寺院。从山下看,邦布寺选址颇为讲究,矗立在两个山坳的突起部,拱壁飞檐,背衬蓝天,壮丽巍峨令人仰视。

从山谷下爬到山顶,半山腰还有一个村庄,叫邦布村。邦布村的藏族人正在修缮村里的白塔。藏传佛教寺

远眺邦布寺

邦布村一丝不苟的虔诚的工匠

和寺院僧人在邦布寺

院的塔,有的是供活佛的肉体及舍利,有的则是用来藏经的。

修缮白塔对于他们来说,是一件功德无量的善事。在这里干活,不计报酬还感恩戴德。挑土的挥汗如雨,工匠精雕细琢,那种一丝不苟的虔诚令人感动。

从邦布村出来,再驱车沿山路逶迤而上,不久就可以看见邦布寺耀眼的白光,走近才发现,原来是寺院的外墙贴满了白色的马赛克,在太阳的反射下发出刺目的光芒。寻问僧人,为何贴满这白色的瓷砖？僧人答曰：是施主捐的。

　　与其他寺庙一样，邦布寺的僧人很热情，年长的僧人都不会说普通话，年轻的僧人，尤其是有两个在玉树上过中学的小僧人不但普通话说得好，而且健谈。在地广人稀的高原，人，才是稀有动物和稀缺资源。他们渴望和外界交流，年轻人对外面的世界更感兴趣。

　　他们用十二万分的热情挽留我们吃饭，我们是十二万分婉拒了，只是给寺庙的僧侣拍了几张照片。当他们从数码相机上看到自己的形象时，开心得手舞足蹈。

2006年夏季从邦布寺脚下溯江而上进入通天河

2007年冬季再次路过邦布寺

第贰章
Chapter 2
DaJiang YuanJi

从当曲源开始的漂流

视觉的天堂 身体的炼狱

一次悲催的失误

漂过当曲第一桥

七彩斑斓的地热奇观

平水舵手税大师

深藏在巴茸狼纳山下的泉华台

通天河：通往天堂的大河

磨曲对岸飘来的羊肉香

索加乡的白玛兄弟

与美国漂流队相遇在通天河

仁钦达吉和他的气象站

●●● 时势造英雄，时代需要这种精神。在付出包括尧茂书在内10个宝贵生命的代价之后，我们不得不重新审视我们的行为，拷问生命的价值。由此得到的答案是——面对大自然，我们的态度必须是尊重和敬畏，而非挑战，更非征服。自然与人是和谐共生的关系。长江漂流的过程是壮美的，结果是引人深思的。这是一次集体无意识行为成就的史无前例的漂流探险活动。探求未知领域以及挑战人类极限的精神始终是人类不可或缺的伟大精神，尤其是当下，我们国家和民族更需要这样的精神。

从当曲源开始的漂流

《中国国家地理》出过一期青海专刊,封面上这样写道:青海,对内地是边疆,对边疆是内地。它的确处在一个特殊的地理位置,在巴颜喀拉山两侧孕育着两条大河:黄河、长江。怒江和澜沧江都发源于此,它是中华民族的发祥地之一,也是亚洲人民生存的水塔。

县城所在地萨呼腾海,距玉树州府驻地260公里。资料显示:杂多古为羌地。位于青海省南部、玉树藏族自治州西南,总人口4万人(2004年)。以藏族为主,占总人口的98%。东西长315公里、南北宽190公里,总面积30161平方公里,平均海拔4290米,地势西高东低。澜沧江和长江的南源当

玉树地震后的杂多县城

萨呼腾海

曲都发源于县境，年降水量为 523.3 毫米。说杂多是中华水塔的重要组成部分一点都不为过。

7月11日晚上8点，我们两台车驶进了杂多县城。县城有一条水泥马路，行人寥寥，笼罩在一片灰褐色里。无风，空气干燥。此时在内地，应该是灯火阑珊的时候，但在这里余晖仍然挂在西边的天际。

我们分作两个组，一组采购蔬菜粮食，以备20天的需要，一组寻找旅馆。这个县城里能够称得上旅馆的没有几家，门窗多漏风，寒风嗖嗖的。

路上遇到一个叫尕多的藏族教师，听说我们是考察队的，便骑着摩托车把我们带到了县政府招待所，招待所在县政府院子里，黑乎乎地没有灯光，这是高原县城的普遍问题——缺电。

热心的尕多打电话找来了服务员。

然而，房间里面没有电，也没有热水，大家只好打开自己的头灯聚集在一堆，商讨完下一步的行动方案，再躲进被子写自己的文字。从明天起，我们将进入当曲源区，那里将没有任何通讯信号。值得一记的是，杂多的传真价格是我迄今为止见到最为昂贵的，一张为5元，这还是在拿出许多值得同情的理

江源湿地

当曲源区的孩子

由后的优惠价，这也许是发电全靠柴油所致。

　　早上6点起床，出门环顾四周，景物和昨晚有很大不同。杂多县城坐落在海拔4000米以上的群山之间，山势为缓坡地形，虽然裹着一层薄薄的绿色，山上山下却不见一棵树的踪迹。

　　招待所和县政府都在一个院子里，周围没有隔断，院子的四周居然栽着8棵高大的塑料椰子树，上面落满厚厚的灰尘，早已看不到海南"椰子"树的原貌，也许寄托着某种希冀吧。

　　在院子里未找到水源。一个背着书包的藏族小姑娘提着一个铁皮水桶来到我面前，用不熟练的普通话告诉我，院子里有水井。这个孩子是昨天那个服务员的女儿，小姑娘礼貌友好，一看就是知书达理的好孩子。

通往当曲源头途中零星的放牧点　　　　　　　　　　杂多源区的红砂岩

水井颇深，很直观地说明了高原地下水的位置和在呈下降的趋势。我小的时候，常在水井里提水，但因为右手骨折未愈，一只手提起一桶水还真是费了不少周折。

提上来的井水甘霖般清澈，口感醇和，真是天赐圣水。

上午在街上采购了两顶简易"帐篷"，其实就是两块白布加两根木棍。队长杨勇心虚嘴硬地说这种帐篷舒服，人在里面能直起腰。当然，更重要的原因是考察队经费困难。随后到县政府索要了一些水文资料，这里的地质水文资料应该是十几年前的老资料。从杂多县城出发，顺着公路，严格说多是靠着人走车压形成的路，两辆越野车颠颠跳跳地向着起漂点的方向驶去。

原计划是准备在杂多雇佣牦牛向源区驮运漂流装备，根据已知的资料显示，从杂多到源区起漂点120多公里，应该是大片沼泽地带，汽车无法通行。但随着向目标的接近，我们发现，昔日的沼泽已经退化，沼泽袒露出斑痕累累的胸膛，植被从红色的土地上剥离，干涸的河床像大地的泪痕。虽然不时发生陷车，但汽车还是在泥潭之间挣扎着不断前行，傍晚时分，我们抵近了目的地。这样，比原计划雇佣牦牛队的时间大大提前。

视觉的天堂 身体的炼狱

当曲是迄今为止，唯一没有经过中国科考人员全程漂流考察的水域。其难度在于：它发源于唐古拉山北侧，进入当曲地区后形成大片沼泽水域，网状水系极为复杂，流经数百平方公里，基本上为无人区。

当曲与沱沱河汇合后壮阔的河面

考察这个水域的人员必须具备两个要素：一是必须有地质环境知识背景，另一个必须也是河流漂流专家、驾驭江河水流的高手。在我国，唯有20年前的长漂队员、雅鲁藏布江漂流队队长、地质环境专家杨勇可堪此重任。

关于杨勇，多年的老"漂友"税晓洁这样形容他："他是一个我敬佩的科学家朋友，勇敢、智慧、宽容、理性却又低调。没有知识分子惯有的酸腐，却有着民工般的质朴。不在乎他曾经漂流长江、雅鲁藏布江等英雄壮举，而在乎他对生活的态度、

杨勇在当曲漂流中

进入当曲沼泽地

当曲沼泽地

对江河的理性思辨。他常年行走在江河,对长江生态有着执着的关注。他是一个真正的男人,一个真正的学者。"

如前所述,杨勇这次的目的地是长江三源的当曲、沱沱河、楚玛尔河,还有大渡河源、雅砻江源以及黄河源、金沙江、通天河相关江段。"南水北调东线和中线都在发达地区,调水区的水量比较丰富,现在工程都已经开工了。西线是江源区,是中国的生态高地,是未开发的处女地,地质情况复杂、生态系统脆弱,又涉及到藏族地区的发展和藏族民众的信仰。如果在这儿调水,涉及的敏感问题比较多。"杨勇说。

江源交汇的水系构成了中华水塔的核心

当曲源区开漂点,远处为唐古拉山脉东段,湿地构成了当曲源区的主要水源地

12点30分左右考察队离开杂多县,向着当曲源头的沼泽地区进发,下午7点03分顺利到达当曲一片干涸的沼泽地,开始选一块稍微干燥的地方扎营。这一带为无人区,有不少旱獭和藏野驴在宿营地出没。附近还有很多美丽的小湖泊,夕阳从铅灰色的云层里射出,在沼泽地上涂满了斑斓的色彩。

藏野驴在帐篷附近徘徊,肥头大耳的旱獭绅士般地坐在自己的洞口,一副憨态可掬的模样,真是天堂般和谐的美景。环

在当曲源头扎营

　　顾四野，云从脚下升起，翻滚舒卷，触手可及，在这里才真切地感受到什么叫"天如苍穹"。在高原，这种恒定都是表象，瞬息万变才是高原的主旋律。

　　当天晚上满天繁星，镶嵌在苍穹上，星海与地平线相接，旷野寂静，天籁安详，似乎能听到自己心脏的跳动声。谁知到了下半夜顿时狂风大作，暴雨倾盆，"下午茶"帐篷瞬间垮塌，所有的衣被装备泡进了水里。我们冒雨抢救了些许物资，挣扎着躲进汽车，挨挤着熬到了天亮未曾合眼。

　　那天晚上，从北京赶到杂多会合

的中国环境报"八爷"（杨西虎）出状况了——身强力壮的他有了强烈的高原反应。八爷是凌晨2点钟发的病，突感缺氧，呼吸急促，肢体不停地剧烈震颤。呼哧呼哧地喘着粗气，手脚抽搐。诱发原因是他直接从北京乘飞机经西宁、格尔木再到玉树与我们会合。我们却一直沿金沙江、雅砻江的河谷缓慢地爬升到现在的高度，一个月的行程，我们已经适应了，但八爷老人家的状况还没有及时调节好，才导致突发高原反应，如果不及时采取措施，老命休矣。

急救要紧，不管三七二十一，我从泥水中摸出"速效救心丸"若干粒，税晓洁扶着八爷，就着泥水一把塞进了他的嘴里，又强行灌了几大口水，待八爷稍微缓和后，我们才睡到泥水浸泡的睡袋里。

那天大家的反应都比以往强烈。连杨勇这个"老高原"都要了颗百服宁。一场雨就倒下一个壮汉，让我们对后面的行程多少有些担忧。

一次悲催的失误

7月13日，当阳光灿烂的源区沼泽呈现在面前时，自己甚至怀疑昨天的暴雨是否真实。

天亮时分，八爷又复发了，当即再冲服板蓝根一袋，佐以胺茶碱一片、百服宁一片，又伺候吃了一碗饭，随后老先生躺在洒满朝霞的草地上，打起了幸福的呼噜。这位曾经穿

暴雨过后的营地

越过雅鲁藏布江大峡谷的壮汉，是队伍中年龄最长的一个，但他长年坚持锻炼，身体底子好，才没有造成出师未捷就马革裹尸的严重后果……

当我们向回过神的八爷"请安"时，他老人家非但不领情，还责怪道：昨天晚上，你们两个小子脏兮兮的手往我嘴里放什么？哈哈！没良心啊。

早上7点，杨勇起来做饭，因炉子问题，折腾到9点多开饭，菜谱：昨天的夹生饭加两个洋葱。

随后装车出发，9点40分寻找到开漂点（当地称为多伦涌河），海拔4761米。

按照预定的漂流方案，考察队分为两个组。一个组为漂流

准备下水开漂

进入推船模式

组,另一个为接应组。漂流组由杨勇、我、税晓洁、摄像小刘、浆手小杨5人组成。原定八爷是漂流组的浆手,由于头天的高原反应改为接应组成员。

我们郑重挥手,相约8天后烟瘴挂峡谷见。接应组应该在8天后的治多县索加乡江面附近接应我们,由于接应的地点比较复杂,不通公路,如果接应不上,漂流组将继续漂流10~15天,抵达曲麻莱县大桥。

开漂的第一天就很不顺利,由于沼泽地水浅,水系复杂,我们平均10分钟就要搁浅一次,搁浅后我们就要下水抬船。一天前进不到10公里,抬船估计有几十次。头顶气温40℃以上,脚下的水却冰凉刺骨。

一小时后遇到一场暴风雨,把我们淋成了落汤鸡。暴风雨过去,随之而来又是太阳的无情暴晒,真是冰火两重天,高原的天气就是这样恣意。由于缺氧,此时人体的负重都远超过内地的常态。

下午4点30分,我们拍摄到一群河岸上悠闲的藏野驴。青藏高原像一本博大的书,浓缩着地球和人类的秘密,那些自在地飞禽走兽在我们面前演示着人类已经退化的生存秘密和技

当曲优雅的藏野驴和藏原羚

能，它们比人类更懂得如何阅读大自然这本书，让需要借助各种工具才能抵达到这里的人类汗颜。

漂流中杨勇指点着沿岸的地质现象说：两岸的地层结构证明这里是先有湖泊后有河流，后来地层抬高，变成了残河。淤泥是湖泊的特征，那些鹅卵石则是河流存在的佐证。

两岸风光在漂流艇两侧如梦幻般地飘过，成群的藏野驴、藏羚羊在我们身边似惊鸿和闪电般沿着河岸飞驰而去，它们才是这块土地上毋庸置疑的主人，我们谦卑地停下划桨，目送这

水天一色的当曲

些可爱的生灵奔向白云生处。

下午5点40分我们抵达了第一个宿营地（估计在杂多县附近），数据显示：今天漂流距离17公里，岸上风力7到8级。

扎营时发现一个重大失误，那"下午茶"帐篷的木支杆居然落在了车上没有带，那个帐篷估计所有从事户外工作的人都没有用过。整个帐篷就一块白布，一根立柱，上面一支横杆，四角往地上一钉就OK。这东西就是放牧时在阳光下遮一下太阳，喝喝茶而已。没有了立柱，那帐篷就无法支起来，后面十几天

涉过当曲的牦牛

当曲上游的牧民教我们搭这个"下午茶"的帐篷

的日子如何打发。

  这里海拔已经过了5000米，环顾四周没有一棵树。好在菩萨保佑，在不远的山岗上发现有一顶牧民的帐篷。刘砚、杨帆连忙前往求救，不一会几个牧民带来两根木棒来到河边，木棒开价是每根30元。当时我还嫌贵，狠狠心买了，但在后来的旅程中，才知道这个价钱是多么值得，因为后面的漂流中，我们再也没有碰到这样的机会了。

  这个80元钱的帐篷看起来简单，但由于没有人使用过，搭

大风一吹就倒的奇葩帐篷

建起来也颇为费力，虽然有了立柱，但没有横杆，只得用船桨将就，第一次耗费两个小时才搭起来。杨勇做饭又是两小时。到了凌晨，汽油炉呼呼作响，饭仍然是生的，菜汤又过咸，晚上大家都口干舌燥。

"下午茶"帐篷空间狭窄，中间一根木棒占去核心部位，人只有做S状才能躺下，此时大家似乎都有了舞蹈演员的天分。帐外寒冷，征衣未解，掀开帐门，外面霜天一片，近零度。

由于带的气炉出了问题，那天的晚餐又是一顿夹生饭。饭后腹中响声如鼓，此起彼伏，不禁哑然失笑。

漂过当曲第一桥

7月14日，远处牧民的帐篷已经升起袅袅炊烟，牦牛已经开始渡过当曲到对岸的牧场，一只藏獒在远处虎视眈眈地盯着我们。

起来继续鼓捣我们那个令人欲哭无泪的炉子，光烧开一小壶水就用了两小时，燃料也不足（20斤装的塑料油桶两个），还要发电，如果燃料耗尽还未到接应地点，后果不堪设想。

每人只能分白开水2两，11点20分开漂。途中遇到一个骑马的藏族人，他好奇地跟着漂流艇走了一段，虽然语言不通，但经过一番比划，核实了我们下水的地方的确为主源水域。

今天的河流流速明显加快，河汊呈放射状出现在眼前，河道如此相似，经常左突右转找不到出路，令"老江河"们也困惑不已。

热情的藏民着盛装来河边送行

一个好奇的牧民沿岸跟着漂流艇,杨勇正好了解一下我们的位置

当曲两岸沙化现状

　　随眼看去，两岸的沼泽在退化，沿途很多小支流干涸得露出河床，一些小水洼干的见底，沙化出现，旱象渐重。目测不少小型湖泊和当曲水网已经同长江水系失去联系，成了独立的小水函。大比例地图上曾是沼泽湿地之处，已渐成荒漠。杨勇说，这里已经成为了"脱水沼泽"，终极发展将来必是"荒漠化"。

　　下午，我的右下牙床突然疼痛不已，用云南白药外敷，吃了"散利痛"有所缓解，在强烈的紫外线照射、高原风以及河水的浸泡下，我们的手脚不到24小时几乎都裂开了口子，随后，发现白狼2只,赤麻鸭若干……

傍晚靠岸。宿营地选在下午发现野驴和白狼的地方,因为那里有泉水和小河汇入当曲,登陆见有白玉奇石铺地……察看一下数据:

今日漂流航程18.6公里,海拔4714米。

帐篷外大风起兮,黑云扑面欲来,我们煮普洱茶加红糖,喝后爽胃暖身,故称此汤为"高原金汤普洱",抗高反效果显著,后必向友人推荐……

晚上9点30分,帐篷外的汽炉子已经呼呼燃烧了一个小时,仍然没有烧开的迹象。杨勇絮絮叨叨地抱怨那个外国汽炉子时,外面雨声却越来越大,我们可怜的帐篷风雨飘摇,意味着又要无奈地迎接高原洗礼了。

这源区的天气似乎有自己的规律,每天下午5点前后,有时提前,会大风起兮云飞扬,风力多在七至八级左右,有时更大些,中午气温总在40℃左右,晚上会结霜冻,风雨一到,气温骤然下降,人会在片刻之间享受冰火两重天的锤炼。

晚上9点47分,雨渐渐远去,苍穹仍是一抹灰白。杨"大

大风起兮云飞扬

令人欲哭无泪的洋气炉

厨"喊吃饭,这是几天来第一顿熟饭,"大厨"掌勺一脸喜气按感觉分配,杨勇似多偏爱洋葱、土豆,每餐饭菜必放,所以导致船上众人放屁已经没有个性了,一律是"洋葱味"。(其实在野外只有土豆和洋葱可以长期储存携带。)

7月15日凌晨3点,几次掏出"莱泽曼"工具刀,掰开钳子,企图以关云长刮骨疗毒之志拔下痛牙,几经折腾担心弄不好出血不止麻烦更大,最终放弃。无奈,用"江湖郎中"的手段,将碘酒塞入牙缝,也只是自我安慰一下。

6点30分,税大师喊起床拍朝霞,

但太阳只露了一下脸，就躲到了云层后，待云散去的时候，已是阳光灿烂，灼热烤人了，一切预示着今天又是酷热难熬的一天。

早上，由于气炉和缺氧的原因，一斤装的小壶水用了一个小时才烧开，为了节约燃料和时间，每人又只灌了二两白开水。也许会有人说，漂在长江上难道会渴死吗？其实读者不知，这当曲水中，有一种人兽共传的包虫，此包虫来源于动物的粪便，人一旦感染，就会患上传说中的高原绝症，后果不堪设想。

早餐是红糖稀饭，极香甜，使人幻想起某些欧洲大餐中的甜品。

9点30分开漂，出发前，我再用碘酒塞牙。中午，杨帆喊饿，想吃午餐肉，由于装船的时候，没有拿出来，现在压到了舱底，实在难以翻动，必须提醒自己明天务必记得！

11点抵达当曲第一桥，海拔4700米。

第一桥在高原的蓝天白云下显得很寂寥，两岸的公路都已经荒废了，显然这是一座被遗弃的桥梁。但荒山野岭为什么修这座桥，不得其解。

看着远处的唐古拉雪山，杨勇一脸忧郁，澜沧江、怒江、长江占世界大河水量的19%，但在唐古拉山附近发现了许多稀有矿藏。在这个利益驱动的时代，一些老板和地方政府频频接触，

在当曲第一桥遇到几个藏族同胞

意欲染指人类这最后一块净土，如果被发掘开采，势必影响到地表水源带来环境污染……但愿我们这些民间科考者的所见所闻能够引起相关部门的重视，也不枉此次含辛茹苦地跋山涉水。此时，我想起了那座废弃的桥和荒芜的路。

因为搁浅的次数减少了，划桨的次数也就增加了，粗略计算了一下，平水状态下，每人日均划桨次数已过万次。为了节省时间，中午我们不停船，正午时分，大家饥肠辘辘，脑海里把世上所有的美食都思念了个遍，套用一句电影《甲方乙方》的台词，现在"就想搂着龙虾睡觉"了。

烈日暴晒下，我们脚上的劣质水鞋散发出刺鼻的橡胶味。前方的河段都是网状水系，有时候划进去以后都不知道出口在什么地方。后来发现一个有趣的现象：往往有群水禽会出现在前方水面，我们发现只要跟着它们走，就会找到出口。因为野鸭子跟其他水鸟一样会找到最主要的水流。

寂静的当曲

三江源野生动物

下午6点20分,发现右岸有一只狐狸在喝水,却被一群守卫领地的赤麻鸭群起而攻之,左突右窜,最终被赶下河去,狐狸在水里狼狈地游着,后面一群赤麻鸭拍着翅膀追逐,嘴里发出快乐的嘎嘎声,可怜的狐狸失去了一个捕猎者在禽类面前的尊严,令人捧腹。

目测两岸草场有少量斑秃状,显出退化迹象。由于找不到合适的水源,只好靠岸。

继续牙痛。牙痛这些小毛病到了高原,就成了大毛病,缺氧状态下难以痊愈,药物的性能也大打折扣。一天划桨下来筋疲力尽,在牙痛的折磨下,状态实在不好,为了明天的漂流,只得咬牙吃点东西,那寻常没有牙的老太太都可以随意咀嚼的午餐肉,此时咬一口,泪水止不住就流下来。夜半被牙痛唤起,摸索出一些止痛药，勉强入睡，迷迷糊糊看到阳光慢慢铺满了帐篷，真是难熬的一夜。

七彩斑斓的地热奇观

7月16日早上起来，发现自己的嘴唇已经和血水粘连到一起，无法张嘴，忍痛撕开后，血水不断渗出。帐外出恭，也是一件尴尬的事。食五谷者必轮回，在世界屋脊的河源区出恭，虽有不敬，但也无奈。头上，阳光灿烂，环顾，一览无余，周边不乏鼠兔、旱獭之辈不时伸头窥探。

高原反应导致健忘症时有发作，距离感不时消失，动作判断失误，似有小脑神经失控之感，在船上撞头磕腿的事情经常发生，防水裤也被撕了一个大口子，简单贴上止痛膏做权宜之计。"衣衫褴褛"也是从这天开始。

7点46分开漂，水系明显增多，今天漂流水量增大，最高时速达7.5公里。

1点07分，漂至当曲第二座水泥桥，跟第一座一样，桥两端水泥路面已经坍塌，两岸杂草丛生，仍然寻不到公路的痕迹。岸边的动物多为体形圆滚滚、黄绒绒的旱獭，还有不少的草原鼠兔。偶见一只孤鹰迅疾掠过，高原生物链在没有人类的干扰下，从容运转。尤其是鹰，对抑制草场鼠患起着人类无法企及的作用。

漂流到10点，顺着桥向下漂1公里，在左岸发现平地突兀而起的一座几十米高的小山，颇像一头横卧在高原的雄狮。

我们随即弃船登岸，前行100多米，见地表呈现灰色，有小股温泉不断地涌出地面。顺山势而上，发现更多的喷泉正在潺潺涌出。泉眼大多如铜钱般大小，水温不高。杨勇说，这是含铁量较高的冷温泉，是多种成因复合型的火山地热现象。

迎来了早霞的帐内仍然寒气逼人

喷出来的温泉，在地面形成斑斓的七彩，绚丽无比，像是抽象派恣意涂抹的油画。我们不停地按动快门，饕餮一般地抢拍这些藏在高原"深闺"里的美丽。

右岸发现一只藏狐，在自己的地

当曲岸边的一尊"雄狮"

盘上,抖动着金黄色的皮毛,优雅地踱着碎步。漂流中,拍摄到从左岸汇入当曲第一条支流撒当曲,它来自于唐古拉山脉东段北坡的冰川融水和山下沼泽湿地,是草场退化和沙化的分界线。当布曲、前庭曲汇入,当曲水量才大增。到达通天河口,沱沱河从此汇入。

七彩斑斓的地热温泉

12点，杨勇让漂流艇在一个大拐弯处靠了岸，在当曲第一滩登陆。他和摄影师刘砚爬上了一座百余米高的山顶（海拔有5200多米），想俯拍当曲床的水系状况。我爬到了半山腰，已经是气喘吁吁，俯瞰当曲，弯曲的河道，铺天盖地的白云，呼呼作响的高原风，仿佛在耳边诉说着江河古老的历史。

12点35分，左岸发现四只藏羚羊，右侧的草场，出现数十只牦牛，这里是一户牧民的放牧点，草场呈斑秃分裂状，退化痕迹明显。

15点30分，右岸又发现了几户

弃船登高回望风声呼呼的当曲

当曲沿岸不多的牧民

鹰，是草原的守护神

牧民的放牧点，有几只散养的牦牛，总体来讲，税大师认为生活在源区的少数牧民自身的放牧对草场的破坏是非常有限的。草场的退化与大气候环境的改变，与鼠类天敌的减少倒是有着密切关系。它使我想起来了一件事：前年去石渠，得知由于鼠患成灾，当地政府给牧民发放了大量的灭鼠药，但被大多数藏民丢弃了，因为有悖于他们不杀生的佛教理念。

　　杨勇道：恢复生态的最好方法是生物工程，在青藏高原大

很幸福的晚餐

量引进藏狐、狐狸和鹰,才能维护好生物链的平衡,这才是最长效的生物链战略,对维护青藏高原的生态平衡有着重要的意义。草原上藏狐的增多并非坏事。

晚上的宿营地选在一片干涸的河床上,河床上是一片多彩的石头,在夕阳的照耀下,形态各异,斑斓夺目,仿佛进到了神话传说中阿里巴巴的山洞里。

我们三天来的第二次发电,由于电压太高,烧坏了几个人的数码相机充电器,充不了电,数码相机瞬间冒出一缕令人沮丧的青烟,损失惨重。

当天的晚餐是白水煮萝卜蘸辣椒水,加腊肉熏肠。虽牙疼难忍,但要在这氧气不足、气候恶劣的高原生存下来就得吃,就是连血水咽去,也要吃个饱。何况这杨大厨的手艺也是了得,白水萝卜也做得有声有色,寂寥的高原只要是能吃的东西,都是美味。吃饱的牙床剧痛的"回报"使得我一夜未眠。

登船时见脚下奇石美玉璀璨夺目,大家随手捡拾一两个,后因漂流艇承载力实在有限,遂忍痛抛弃。

平水舵手税大师

7月17日早上6点，被大风拍打帐篷惊醒，夜里醒两次，一次是牙疼，服散利痛；一次是张了一下嘴，嘴唇破裂血流如注，顺着脸颊流到了脖子里，干燥的空气撕裂着每个人的皮肤，压差使一个小小的伤口都难以愈合。

早上自觉右脸肿起，右手骨折部位开始隐隐作痛，脚指头裂口增加，帐篷里税大师仍在打着令我羡慕的呼噜。这几天税大师的高反强烈，当年和杨勇一起漂过雅鲁藏布江的这个兄弟这两天没有划船，一直坐在艇的尾部掌着舵桨，过着"平水舵手"（指在水势平稳的河段掌舵）的瘾，杨勇被"夺权"降为桨手。

税晓洁近期的状态不大好，每天下午6点多就开始头疼，下午登陆后忽然发现他失踪了，我们几个开始没注意，在这茫茫四野，一眼差不多能看到地平线，他会到哪里去？随着夜幕降临，还是没有发现他的身影，我们四处奔走寻找，着实慌了一下，最后在漂流艇的角落里发现乌发遮面、蜷缩着睡着了的

六点准时"高反"的税大师

大师。旁边如果摆上一把吉他,俨然一流浪艺术家。

午餐肉搁在嘴边也难以勾起一丝食欲,晚上让他吃了感冒药早早打发入睡了。

另一顶帐篷里,刘砚和杨帆帮助杨勇整理影像资料到凌晨,两人亦是非常辛苦。

早上8点例行焚烧掩埋垃圾,在高原上焚烧垃圾真不是件容易的事情,氧气不够、燃烧不足,费劲又费时,燃烧后再做深埋,联想到这些垃圾在世界的屋脊不知要沉睡到哪个年月,再变成古老的遗迹……多少有些愧疚。

早晨税晓洁起来说头疼,要了一颗"散利痛"又钻回睡袋里,这个"老雅漂"的状态令人担忧。

杨勇照例起得很早,开始他熬稀饭的"功课",已经一个多小时了,高压锅没有丝毫动静,时间在这里显得不那么奢侈,我们已经变得麻木,什么时候吃到嘴里都不是个问题。

10点03分开漂,10分钟时见左岸有单边切割岩层耸立,约百余米。

11点40分,杨勇带摄像刘砚登陆爬上5000米的山坡拍摄河流全貌,我和税晓洁驾艇到下游接应。一桨一舵,顺急流而下。

下午3点会合,刘砚被烈日灼烤,嘴唇干裂流血,上船大

途中不时有支流汇入,补充着当曲水量

喊口渴，水壶里只剩一口水，勉强给他润润嘴唇而已。从下午开始，见到两岸有成群藏野驴出现。不见人烟的地方，野生动物开始变得越来越多。

下午3点40分，气温飙升，江面水汽蒸腾，空气仿佛在燃烧，艇上，两名年轻队员都有昏昏欲睡的感觉，我也感到视线有些模糊，大事不好，这是中暑的前兆，赶快掏出法国"双人水"每人数滴喝下，神智慢慢恢复。不久，我们发现右岸硫化的岩石下有一群藏野驴在围着一股清澈的喷泉饮水。

在野外，动物才是生存大师，它们凭着人类早已退化的本能，哪里有水，哪种水可以喝，它们世世代代的遗传密码给它们提供了生存智慧，跟着它们不会错。

众人见状大喜，一阵狂划扑将过去登陆，待驴群散去，趴在上面喝了个痛快，随后灌了盆满钵满。这股泉水富含碳酸钙，混杂啤酒和汽水的味道，口感甘甜。由于狂饮过量，须臾，大肠蠕动频繁，遂各自气流滚滚，一时弥漫四周。

下午5点30分进入谷地，浓重浑厚的云依恋着灰色的山脊，

野生动物——野外生存大师

可可西里人与野生动物和睦相处

山脊上偶有动物身影出现，一抹晚霞的衬映，连旱獭都显得威武雄壮。

晚上8点30分靠岸，这一天我们漂了33公里。不久，南边和西边同时出现了壮丽诡异的红霞，北边的乌云拔地而起，出现了非凡的天象。不久，高原风来了。我们上岸后赶紧搭建帐篷，但是在狂风下，"下午茶"帐篷显得弱不禁风，帐篷屡屡被吹翻。

晚上10点在呼啸的大风下，杨勇居然把饭做好了，这个本事，恐怕在中国野外探险者中难出其右。当天晚餐是：白水肥肉煮瓠子加辣椒蘸水，真个香飘四野，估计黑夜中的狼都在流口水。

是夜，风力加剧，帐篷被呼呼作响的大风不断地撕扯，数次刮翻，数次立起，再数次刮翻。帐内风雨无情的肆虐，我和税晓洁穿着雨衣，抱着帐篷里摇摇欲坠的柱子祈祷老天开眼，怜悯一下这几个可怜的兄弟吧！我那六月桡骨骨折的右手，又在隐隐作痛，在风雨中熬着、祈祷着，终于，风在凌晨平息了。

这段经历后来被税大师发表在国内一家大型户外杂志《山野》，题目是《我的漂流"蜜友"》对老夫多有褒奖，征得大师同意，转载如下：

……好几个晚上，我被狂风吹醒，只见老兄坐在中央，抱着帐篷杆说：你睡你的，反正我睡不着……我很是有点抱怨自己没心没肺。这帐篷，没老兄抱着杆杆，早就倒成一个薄睡袋了。然而，的确太困了，我嘟囔一句辛苦老兄了就又沉沉睡去。

几天下来，我觉得这老兄几乎就是个铁人。牙疼得呼呼啦啦，白天没吃没喝，晚上还要抱着帐篷杆杆给我撑起一片能睡觉的空间。我感觉，这就叫真男人吧？抓起酒瓶请他喝，他抿了一口，顿时呲牙咧嘴，一是嘴唇早已烂得惨不忍睹，酒精一刺激，生疼。再则，他老人家酒量实在一般，一两白酒，绝对不省人事。但此行之后，我们出野外，他总忘不了备上好酒。这老兄，属于大家高兴他就高兴的那种人。

漂流中的税大师（左一）忍着头疼仍然是玩命状态　刘砚　摄影

好几次我也睡不着,就坐起来聊天。晓光兄说:我希望自己是一个很能跑,也很善于跑的人,这个跑,不是指简单的"跑路"。我们现在都很少使用"探险"两个字,虽然很多地方是"冒险",也有男人骨子里的那种英雄情结的驱使。但我们喜欢用"考察",因为考察是带有科学的元素,一个探究未知领域的使命,同时也给你带来很多风险,反过来,一旦超越,就是一种超级的心灵与感官上的"逾越"……

这一路上,由于气炉自身设计缺陷带来的诸多故障,烧开一斤水的时间需要一个多小时。既浪费时间又浪费燃料,所以每天烧开一壶热水后,每人只能分配到二两左右白开水。在40℃的高温下,每天仅有二两白开水,的确难为。

河里的水不能生喝,因为当曲沼泽地有大量的野生动物的粪便,含大量的有机化合物和包虫卵,饮用生水极易感染疾病。

桨为梁,杆为柱,风雨交加,帐篷飘摇,难兄难弟,抱着杆子,一夜无眠

在氧气不足60%的情况下,每天还要划桨万次左右,如果一旦发生腹泻,后果不堪设想。

我们互相打量,个个脸上浮肿、面目全非,杨帆的耳垂被晒烂,滴滴答答流着水,杨勇脸上黑白相间,晒成了大花豹,税大师已经不成"人形",真是惨不忍睹……以这个装备的野外生存能力,相形之下,特种兵的那点"生存训练"在当下只能算是小儿科了。

7月18日夜来牙疼,嘴唇浮肿,几乎彻夜未眠。

7点36分开漂,水流平缓,阳光灿烂转赤日炎炎,艇首的杨帆背对着我,他那只烂耳朵仍然滴着水,令人心悸。

10点发现右岸有大群的白唇鹿。

12点20分,两岸出现了大量的绵羊和牦牛的混养群,草场多为斑秃状,退化严重。右岸遇到一个放牧的牧民,向他打听才知道我们已经漂流到了安多县多玛乡。

12点30分左岸发现了一只孤独肥硕的草原狼,沿着河岸缓缓而行。这个处在当曲生物链顶端的家伙,皮毛水滑光泽,看得出生活优裕、食物充足。它望着河里这几个怪异的人,眼里似乎闪烁着慈悲的目光。

气温仍呈高温,劣质雨靴仍然泛着胶味,雨靴内,双脚裂口如鱼嘴,涂抹平时不用的"防晒霜"堵住裂口,再略作包扎,

在河中与岸上的狼对视

当曲重唇鱼

可做权宜之计。

　　当曲中游弋着珍贵的重唇鱼。由于没有天敌,加上众所周知藏族同胞对鱼的礼遇,所以经常可以看到河中重唇鱼黑黝黝的脊背时起时伏。

　　下午6点50分靠岸,无意中网住一条重唇鱼,拍照留存。20分钟后,大风起兮云飞扬,飞砂走石,日月无光,难道是这条鱼惊动了龙王?遂放生,稍顷,风平浪静。高原的事,真有点玄乎。这一天漂流46公里。

深藏在巴茸狼纳山下的泉华台

　　7月19日凌晨牙疼加剧,起来加服"散利痛",往牙缝里塞碘酒,一番忙乱,明知没有用,权作自我安慰。

　　早上7点杨勇起来做饭,在高原做饭决不像那些户外爱好者的浪漫,高原缺氧,即使躺着不动,也会感到胸闷不已,多动一会,就会气喘吁吁。杨勇睡得晚起得早，担着极苦的差使，个中滋味可以想象，尤其是操作那个只会呼呼叫，不上温度不上火的洋炉子。

早上8点19分开漂，开漂的地点正处于一条大支流汇合处，水流加快，测定航速为9公里/小时。左岸有雄壮的船型台地，右侧有个象形石"望船石"，大自然的鬼斧神工不断惊艳着人们的视觉。

10点多我们进入了当曲第一个实际意义上的峡谷，当曲下游的巴茸狼纳山，在左岸发现了一处壮观的泉华台，由硅酸盐、碳酸钙结晶体组成的白色凝固的瀑布长达百米，呈台阶状，在阳光的照耀下水晶般璀璨夺目。

我们弃船登岸顺山势攀爬上去。举目四望非常壮观，令人叫绝。杨勇介绍说在地质学上这种现象叫泉华台，也叫白水台，是

巴茸狼纳峡谷的泉华台

登陆巴茸狼纳峡谷　税晓洁　摄影

一种地质奇观，富含高浓度的矿化物水从山上流经陡峭的峡谷谷坡时沉积形成。

杨勇 20 世纪 80 年代长漂的时候曾经路过这里，因为水流湍急未能登陆。他说原先这里的规模很宏大，发育完整，造型也非常奇特壮观。由于地震崩塌，地下水系改变，大片的泉华台已经消失了，非常可惜。地球上地热景观和泉华台地貌最集中和规模最大的地区当属美国黄石公园，中国的西部深处也有不少这种地质景观。如果交通方便，这里堪称是中国旅游的绝景奇观之一。

遥看峡谷两岸，左岸的"船型台地"衬映着远处雪山的冰帽，右岸是摇摇欲坠的巨石，似乎稍有风吹草动就会轰然倒下。

下午 6 点登陆扎营，遥遥可见 5700 米的巴茸雪山上不多的冰帽。今天漂流 58 公里，明天预计抵达通天河口。一路漂来，直观感受到了青藏高原地质结构的壮观与生态的脆弱。

规模宏大、发育完整、造型奇特壮观的当曲泉华台

5700 米的巴茸雪山锥型冰帽

通天河：通往天堂的大河

7月20日9点25分开漂。今天的水量减缓,浅滩为多,举目四望,数公里内港汊纵横,水网密布,周边山势平缓,岩石的颜色灰中带红,可以媲美美国科罗拉多峡谷。水浅,开漂10分钟后就开始下水拖船。原定是今天与接应组会合,但根据目前的速度是不可能了。

途中见到一股清泉水,待藏野驴散去,灌了7天来最满的一壶水。

下午1点40分与木鲁乌苏河汇合,杨勇与刘砚继续上岸考察,按惯例我和税大师、杨帆划船到下游接应。原是个很简单的事情,但我们还是低估了下游的长度,艇一拐弯,就发现我们进入了一个很大的迷魂阵般的网状水系,离岸越来越远,随后就和岸上的人失去了联系。我们在水网里左突右转,始终走不出这个水系,以远处的雪山作为参照物,我们几乎没有离开原地。

随着时间的推移,我们真有些着急了,所处的地方,没有牧民点,没有食品,如果天黑了仍然没有找到他们,晚上的严

当曲网状水系与河谷景观　　　　　　　　通天河风蚀地貌和部分沙化地带

联络失联的伙伴

寒他们难以抵御，后果十分严重。

我们寻找了三个靠岸点，用了所有能用的办法，燃放鞭炮和焰火，用醒目的旗帜招摇，直到晚上8点左右天黑之前，发现远处有两个黑点在蠕动，当杨勇和刘砚出现在我们的视野里，心里的石头才算落地。

夜宿河滩，风清月朗，诗与远方不知在哪，只是头疼继续，难以入眠。

浩淼通天河

7月21日凌晨3点，小雨夹着寒风开始敲打帐篷，老天爷又来折磨我们那可怜的帐篷。牙疼伴着血水，起来服"散利痛"一片。

6点似乎听到远方有汽车引擎的声音传来，不知是不是幻觉，昨天税晓洁说此江段应该离青藏公路很近了。今天开漂以来，搁浅不断，体力消耗极大。

下午1点55分进入当曲与通天河的交汇处。天气酷热，杨勇

黄河源区沙漠地带

进入当曲与沱沱河汇合的江段，水面豁然开阔

决定提前扎营，由于汽油炉已彻底损坏，大家只能满河滩捡藏野驴粪做燃料。

远处的乌云在通天河上空翻滚，可能是天气要变的缘故，低飞的蚊子发出疯狂的嗡嗡声，通天河水哗哗作响，闷雷阵阵，我忽然想起了《西游记》里写到的通天河，那作者吴老先生虽然没有到过通天河，那想象力也的确惊人，这通天河在宽阔处，确有"茫茫无际天上来"的浩荡气势，只是没有看到那只驮经书的神龟破水而出。

下午6点20分开始下雨，雨虽然没有下大，但那风真是了得，直吹得风雨中飘摇的帐篷如鼓起的风帆，我和税大师抱着那根岌岌可危的顶梁柱，眼里扫视着周边的器材，作着各种应急准备，念叨着能想起来的一切祷告和咒语，忙里偷闲，还摸出酒瓶喝上一口白酒提神暖身。

晚上7点25分，一锅用藏野驴粪煮好的牛奶稀饭是今天的晚餐，这是一锅熬了5个多小时的稀饭。应该算是杨大厨厨艺生涯中最漫长的一次熬粥了。

岸上常有野生动物吸引镜头

零点时分，队员都已入帐而眠，迷迷糊糊之间，听到空旷的通天河上响起了杨勇那口四川腔"开饭啰"。

没人起来，回应他的是一片鼾声，伴随着通天河的轻涛拍岸。

7月22日，早9：36开漂，出发就遇到了大风，还是逆风，推行多于划行，胳膊上未愈合的伤口一直隐隐作痛。

一小时后抵达通天河第一峡谷，峡口内发现几处星月型沙化带。据杨勇讲，这些星月型沙化带比他上次长江漂流见到的，位置又后移了许多，源头生态不容乐观。这些星月型沙化带上竟然有为数不少的羊群，实在纳闷，漫漫黄沙，那草从哪儿来？牧民和牛羊的生存智慧绝对在我们之上。峡口深处，发现有藏羚羊和藏野驴不小的群落。

通天河边星月型沙化带上的羊群和牧人

通天河部分斑秃状草场和转场的牧民

晚上7点靠岸，一路上观察，期待发现接应组，却没有发现任何人迹，头晕眼花，倒把远处的几头藏野驴看成了接应组，几个人还傻乎乎挥手招呼了半天。实际上，在远处看，伫立荒野中藏野驴的身影非常接近人的模样。原计划与接应组会合的计划告吹。

今天晚上，风大奇冷，帐篷多次坍塌。帐篷外，杨勇仍然在捡藏野驴粪，默默地为大家做饭。

磨曲对岸飘来的羊肉香

7月23日，昨天一夜风未停。由于没有炉子，喝热茶已经成为奢望，我们都开始喝前天灌的泉水，一路小心喝，仍有半壶。

8点30分开漂。一路划来，进入网状水系甚是头晕，在一个叫"迷魂汤"的地方（大家随口取的名字）转了一个下午，景色单调重复，我们以两侧的山为参照，不断划桨，却发现没有走多远。水浅，推船次数增多，冷水浸骨，寒气逼人，衣裤皆湿，双脚裂口如针扎，如果此时有双干鞋穿，那肯定就是我幸福的金马车来了。我们靠两块巧克力、两颗大白兔奶糖支撑到19点靠岸。

登陆后我们四处观望，希望能发现接应组，按既定计划，接应组3天前就应该到达这里，如果在这里接应不上，我们还将继续漂流10天左右到曲麻莱会合。远处有几个白色的小点，用望远镜轮番观察，发现是牧民的房子，但没有发现一个人影。我们放鞭炮、燃焰火、摇旗呐喊，一时寂静的高原变得有些怪

没有妹妹坐船头，只有纤夫拉绳头

在烟瘴挂峡口与接应组隔着沼泽不能会合

异的喧嚣,但待一切声音落定,高原仍是寂寥一片。

晚上8点左右,我不甘心,用望远镜向通天河下游烟瘴挂峡谷的洼地再次扫描,发现有物体在反光,细看好像是汽车的模样,随后我把望远镜交给税晓洁核实,税晓洁大喊:是他们!随后率刘砚不顾缺氧和疲惫,深一脚浅一脚地向洼地奔去。

一小时后,税晓洁用对讲机传来确认无疑的消息。在那里等候了几天的接应组兄弟兴奋地开车向我们登陆地开来,谁知遇到一片无法逾越的沼泽，真是相见不能相逢，只好败兴地返回原地。

又一个小时后，税晓洁独自返回，小刘被留宿在接应组的帐篷里。税晓洁回来戏说，他们那边有羊肉汤，估计这几天群众关系搞得不错，不像我等有一顿没一顿的。

沼泽对面的八爷他们正煮着香喷喷的羊肉，这边杨勇仍在捡牛粪准备晚饭，酷爱羊肉的杨勇不时抬头望着八爷营帐上空的袅袅炊烟，咽下不时涌上舌尖的唾液。

7月24日，我再次被牙疼折磨通宵，止痛药、碘酒用尽，只好以盐水含漱缓解。

8点起床，磨曲阳光灿烂，两个帐篷里仍然是鼾声一片，大家太累了。

10点20分开漂，11点05分登陆，我们绕开那片沼泽地，在磨曲与通天河交汇的地方，在壮丽的烟瘴挂峡谷前，我们和接应组会合了。这也是漂流以来时间和距离最短的一次漂流。

接应组"痛陈"了这几天的遭遇，17号那天，接应组在向导的带领下拐入山中向江边进发，准备接应漂流组。两台车在互救中却同时陷入沼泽地不能动弹，他们自救了两天仍不能脱困。第二天晚上杨八爷点燃了求救的烟火，仿佛是神明的召唤，20里外的白玛泽民居然看见了烟火。

第二天早上，他骑着一辆摩托车来到了现场，虽然语言不通，但他还是很快明白了是怎么回事儿。他转身回家，叫来了女婿，驮着家里的门板，经过一番折腾，终于在第三天将两台车给救了出来。接应组的李国平执意要给白玛一百元的门板损坏费，白玛很不高兴，把钱扔了回来，脸一板，伸出了五根指头说："要给就给五万。"呵！这个白玛，简直是活菩萨下凡。

上午，白玛骑着摩托车来了。他是一个瘦削的汉子，不大会说汉话，言语也不多。他看上了杨勇的望远镜，非常喜欢。

会合于磨曲

白玛泽民带来了热水、羊腿

杨勇顺手就送给了他，白玛很高兴，他把望远镜举起来眺望远方，在草地上走来走去，像将军一样得意。

挂着望远镜的白玛骑着摩托车走了，过了一会他女婿又骑着摩托车来了，车座后面是两个孩子，后边驮着一袋干牛粪，还有一条新鲜的羊腿，酷爱羊肉的杨勇大喜过望，就在草原抓了几把野蒜来了个爆炒羊肉，立时香飘满天。

下午，杨勇带着刘砚和设备一行划船到对岸烟瘴挂峡谷拍摄沙丘，夕阳下，烟瘴挂的沙丘如金色的波浪，又像一片凝固的大海。

索加乡的白玛兄弟

7月25日我们准备拔帐离开当曲奔向索加乡，行前我们特意绕道去白玛家辞行。白玛的家建在一个山岗的半山腰上，一排泥土堆砌的平房，屋前和其他藏族民众一样，一堆干牛粪垛，门前拴着几条大狗。

屋里的佛龛神器一应俱全，铜质炊具擦得光可鉴人，色彩鲜艳的藏饰纸画从房顶铺到墙脚。像大多藏族女人一样，白玛的老婆默不作声地在炉子旁忙活着，一个大锅里正翻滚着一堆黑乎乎的东西，八爷咂巴着嘴很懂行地告诉我，这是羊肝和羊血肠，肯定是准备用来招待我们的。

白玛的亲戚似乎很多，孩子也很多，孩子们平时难得见到外人，对什么都好奇，不时过来摸摸你的相机，捏捏你的帽子。杨勇代表考察队给白玛赠送了明信片、奶糖和大米。

血肠和羊肝很合"老高原"的胃口，大家吃得满嘴油光。虽然那烹饪方法极为简单，只是清水里放了一把盐而已，八爷一边咀嚼，一边强调这是世界上最"原生态"的食品。我小心翼翼吃了一块羊肝，发现并不难吃，但还是有一股我始终抵触的膻味。白玛家的酸奶很浓很纯，真正的"原生态"，但太酸了，虽然加了半碗白糖，但还是酸得我直淌哈喇子。

白玛的老婆正在煮羊肠子　　　　　　　　　　　白玛家

考察队和白玛全家合影

　　饭后大家一起到院子里合影,照相对城里孩子算不得什么,但对白玛家的孩子无疑像过年一般的开心。随后的离别,白玛眼中多有不舍,我们一一拥抱,行贴颊礼,男人钢刺般的胡须碰在一起,似乎撞击出雄性刚烈的火花。

　　从白玛家到索加乡没有公路,虽然出发前白玛给我们比划了半天,我们也只是听了个云里雾里,当我们的车在山梁上左突右转找不到出路的时候,白玛令人感动地出现了,他骑着一辆摩托疾驶而来,我们跟着他很快走出了"迷宫"。白玛的摩托车一直在前方引路,直到看见了远方明显的车辙,他才停下来。

　　我们下车再次紧紧拥抱,眼眶湿润无语,只有深深地祝福:白玛泽民兄弟,扎西德勒……

与美国漂流队相遇在通天河

　　关于漂流当曲的风险,之后杨勇在他刊发于 2008 年第 1 期《西藏人文地理》的文章里这样写道:进入当曲以前,看到地图上密密麻麻的沼泽水网,我的心七上八下,忐忑不安,不断

漂流途中小憩　　　　　　　　　　　　　　　　变化多端的高原气候

地询问有关人士，搜寻各方信息。

其中一个朋友的讲述更让我后怕：他去年和我们在同一时间驾驶一辆崭新越野车试图进入当曲源区，在路上遇见修筑公路的民工，朋友告诉民工说：我车里坐垫下有2万块钱，如果我5天后没有出来，你们就来救我，这2万块钱就是你们的了。结果2天后他狼狈地开着车出来了，对修路的民工讲，他实在不敢再往里走了，万一出了事情，就是你们进去也不能把我和我的车救出来。

我朋友的这一番讲述，让我极度担心。这一次我们一行8人两辆越野车，动力不是很强劲，又满载漂流考察的物资装备，连车顶都堆成了小山，我们敢闯进这个充满陷阱的极地吗？

终于，靠着一艘单艇，在杨勇果敢的带领下，凭借全体队员坚韧的毅力和团结圆满地完成了当曲的漂流，我们启程向通天河下游，之后遇到美国的江河漂流队。那是后话。

漂流期间，我们每天沐浴着必要光临的高原风，那个大呀，叫你无处躲藏，人都要刮翻，它"高兴"了，刮两个小时，不高兴了要刮五六个小时，还见识了当曲特有的天象奇观——滚地雷加玄妙的闪电、诡异的云层，这些在高原的旷野上演绎着令人叹为观止、远胜过3D的视觉景象。

13天时间里，我们一共漂流360多公里，拍摄了大量关于地质、河流变迁的情况，还有不少鲜为人知的地质奇观，如冷温泉、泉华台等，壮观的当曲泉华台，给我们留下了强烈的视觉记忆。

杨勇，熟悉高原的江河，就像熟悉自家后院的花草一般，是中国当之无愧的江河探险家。在江河面前，他有一种忘我的融入情怀。但岁月不饶人，他的身体在常年累月的野外考察中已经耗去了最宝贵的元气，当时他的腰已经成为一个软肋，没有宽大的腰带支撑，难以完成长途行走。

一位女记者采访了杨勇后，在文章里写下这样一段有点忧郁的歌词：

1986年的7月24日，因英雄尧茂书孤身漂流遇难而引发的长江漂流探险热，曾是中国的年度十大新闻之一，此事被认为是唤醒了中国人探险意识的重

漂泊得太久是否就更加坚强
路走得太远是否真的不会受伤
常在我梦中出现的是谁的脸庞
常在风中颤抖的是谁的忧伤
年轻的心已背不起沉重的行囊
何时才能找到生命中的海港

考察队完成当曲漂流后进入巴颜喀拉山

左起：李国平　杨帆　杨勇　刘砚　耿栋　杨西虎　徐晓光　税晓洁　摄影

中美两国漂流队在通天河畔互献哈达

要事件。那一年,中美多支漂流队在长江上竞舟,有10名中国人和一名美国人不幸遇难。20年后的今天,中美两支漂流探险队竟在7月24日,在长江上游通天河畔的海拔4000多米青海曲麻莱县巧遇,历史冥冥之中常常出现某种巧合。

美方漂流队负责人文大川来自美国漂流世家,是个中国通,我和他相遇是在玉树州的宾馆里。当时,我和李国平折返到玉树州买汽炉子,他听宾馆的老板说我们也是漂流的,就找到我,问:"杨勇在哪里?"我告诉他:"我们的队伍在曲麻莱休整,

中美两国漂流队通天河畔合影

我们刚刚漂流了长江南源当曲，你会在那里见到杨勇。"随后我问："那你们为什么漂通天河？"答："纪念中国的长江漂流20周年和20年前父辈们的那场漂流！"

哦，一个中国人都快淡忘的事件，外国人却还记得这样清楚，对民族英雄都有着本能的惺惺相惜的情结。

他说他搜集过杨勇很多资料，对杨勇也算熟悉，在北京听朋友介绍过。他说此行之后将拍摄一部专题影片以反映中国的长漂，队伍的17名年轻人中9人来自美国和德国，另外8名是中国的漂流爱好者。我随即给杨勇发了短信，通报了这个情况。

中国漂流队的队长杨勇，曾是1986年"长漂"的主力队员，20多年过去了，那场带着悲壮的漂流似乎已经慢慢被淡忘。考察队此次途经曲麻莱除了继续考察长江北源楚玛尔河和正源沱沱河外，这次的漂流考察，纪念"长漂"也是目的之一。

我从称多返回到曲麻莱，杨勇已经和中文不错的文大川相谈甚欢，文大川称赞杨勇是中国的"江河王"。杨勇详细介绍了美国队将要漂流江段的水情，并提供了险滩位置图，还邀请美方队员共进晚餐。因这支中国民间漂流队经费紧张，这顿包子、面条为主的国际晚餐共花费120元。

第二天下午，在通天河边，气氛热烈，两支漂流队按照藏

这些稀奇古怪的东西，还有美国女队员，吸引了这个藏族姑娘

美国队先进的装备体现了他们漂流技术的成熟

杨勇接受美国漂流队电视小组的采访

族传统礼仪互献哈达，交流经验，共话友情。美国队装备的先进和完善，体现了他们探险技术成熟的水平，给我们留下了深刻的印象。

　　美国队文大川邀请我们共同漂一段，也好让随行的电视工作者拍几个镜头，由于我们前方的路还长，卸装备也需要时间，再者，我们之间的装备水平也不在一个等级上，我们用那艘每天都要漏气，每天又不断充气的漂流艇，成功地漂流了当曲，实属不易，如果在这里晚节不保翻了船，后果……权衡再三，我们婉拒了他们的邀请。随后，美国队开始下水漂流，我们则奔赴长江北源。

仁钦达吉和他的气象站

离开磨曲沿着弯弯曲曲的峡谷一路颠簸，不久眼前豁然开朗。在可可西里群山环绕的地方有一片开阔地，上有一片土黄色的房子，周围散养着一些牦牛。也许正是脱毛季节，显得有些瘦削。这里是治多县索加乡政府所在地。索加乡气象站在这片土黄色的房子里很扎眼，因为它有钢筋做成的围墙，白色的百叶箱和旋转的风向标在这里显得鹤立鸡群。

接应组在接应我们之前曾在这里吃过饭，与仁钦达吉有了交情，所以我们结束了当曲的漂流后，就直奔气象站。

仁钦达吉像我们常见的藏族汉子一样，身躯高大魁梧，脸盘黝黑。仁钦达吉的家就在气象站里，家里有老婆和一个年轻的儿媳妇。晚饭我们在仁钦家吃的，一脸盆肥猪肉吃得大家满嘴流油。

仁钦达吉站长（我们都这样称呼他，乡里人也这么称呼他）一再说自己不是站长，只是这里的一个老职工，实际上站里也

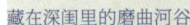
藏在深闺里的磨曲河谷

就他一个职工。

仁钦达吉很骄傲地告诉我们，索南达杰原来就是这里的乡党委书记，他曾和索南达杰共事多年。可可西里因藏羚羊而闻名，也因反盗猎的英雄索南达杰的牺牲而出名。仁钦知道考察队里有摇笔杆子的，一再说要多写写他，写写这个气象站。

主人说要把这个"铁包金"藏獒卖了给女儿交学费

我们坐在索加乡气象站院子里舒适的椅子上，开始整理自己缺氧状态下有些纷乱的思绪。在12天的当曲漂流中，我们顶着白天40℃以上的高温，呼吸着不足内地60%的氧气，夜间忍受着0℃左右的低温，人的生理极限在冷热两极中接受着巨大考验。在烈日的曝晒和高原风的肆虐下，我们的嘴唇就像摔烂了的番茄。

每天早上起来的第一件事情就是把粘连在一起的嘴唇掰开，掰的时候，血水会一起流出。开漂的第二天，我的牙龈就开始发炎，考察队全队的止痛药，几天都被我吃光了。真正体验到什么叫天堂的风光，地狱的旅程。

登陆索加乡后，八爷找到了一个年轻的医生，八爷戏称他是"兽医"（其实在偏远地区人医和兽医是没有什么界线的）。因为他什么都看，牛、羊、马、人……小伙子很和善，他说在西宁上的大学，给我吊了一针青霉素，然后就走了。

针快打完了，我问周围的人，谁来拔针？医生呢？旁边的几个藏族老太太奇怪我居然还有这种提问，那意思是，拔针还要医生吗，在这里有许多是自己约定俗成的东西。就这样，兽医小伙子给我输了两

与仁钦达吉在气象站合影

八爷提着吊瓶脸上露出一丝"幸灾乐祸"的窃喜

次液,腮帮子慢慢恢复正常了。

在治多县休整一天,次日出发,将经曲麻莱县进入可可西里腹地,对楚玛尔河源头开展第二阶段的考察活动,这里按下不表。

当年,强烈的爱国热情促使长漂队的动机非常简单——赶在美国队之前开漂,坚守中国人自己完成母亲河探险漂流的信念。今天看来,当年的行动有些幼稚,有些冲动甚至鲁莽,在没有任何充分的物资准备和技能训练的情况下,仓促漂流长江。但就是这样一群敢作敢为的长漂队员的冲动和鲁莽,不经意间拉开了中国漂流探险的序幕。虽然如此,舆论还是把这样的漂流探险提升为一种时代精神——敢为天下先的爱国主义精神。

时势造英雄,时代需要这种精神。在付出包括尧茂书在内

大河漂流　铁丐　摄影

10个宝贵生命的代价之后,我们不得不重新审视我们的行为,拷问生命的价值。由此得到的答案是——面对大自然,我们的态度必须是尊重和敬畏,而非挑战,更非征服。自然与人是和谐共生的关系。长江漂流的过程是壮美的,结果是引人深思的。这是一次集体无意识行为成就的史无前例的漂流探险活动。探求未知领域以及挑战人类极限的精神始终是人类不可或缺的伟大精神,尤其是当下,我们国家和民族更需要这样的精神。

长漂对人的一生都会产生巨大的影响,为此很多队员与漂流探险结下一生渊源。杨勇、杨欣、何平、李大放、冯春都从事着与探险有关的工作……长漂是一种精神,一种财富,是点燃我国野外探险事业的火种之一,长漂充溢着旺盛的爱国主义热情,成为中国漂流史上的里程碑。

之后的1996年,在被称为20世纪最后的探险——雅鲁藏布江的漂流中,当年长漂勇士之一的杨勇——现在的地质环境专家领军雅漂,中国雅鲁藏布江漂流队成功漂流了世界海拔最高的大河——雅鲁藏布江,在高难度的雅漂中以不死伤一人的纪录,得到国际探险界广泛的赞誉,也是中国理性探险的荣誉之一。

在后来有组织的汉江漂流探险活动中,漂流逐步成为科学、文化考察的重要方式之一,漂流考察探险在新时代开始,作为一种大众体育活动,正在中国成熟并蓬勃发展。

Chapter 3
DaJiang YuanJi

第叁章

冰河上的华尔兹

通天河最后的村庄

留在冰河上的车辙

穿越野牛沟

遇险尕尔曲

●●● 那个晚上的冷啊，已经载入我们关于温度的永恒的记忆。羽绒睡袋就像盖在身上的一张报纸，后半夜我的双脚失去了知觉，感觉就像放在冰箱的冷藏柜里。一直半梦半醒，甚至出现了各种各样的幻觉。哥仨哆嗦着挤作一团，挣扎着挨到了天亮。

　　早上爬起来，帐篷被冻得像老腊肉一般坚硬，里面一片霜层，每个人的睡袋都覆盖着厚厚的冰雪。室外的温度已经达到零下 43℃。双脚像被打了麻药一般，失去知觉，勉强走了几步，仍然没有感觉。数天以后，我的脚指甲变黑，开始脱落。

冰河上的华尔兹

2006年10月,杨勇在北京参加了"摄影无忌"论坛的直播座谈,题目是"关注中国的江河生态"。

主持人"烟斗"介绍说:在别人介绍杨勇的时候,喜欢用长江漂流第一人、探险家等称号。实际上,我更愿意用另一种称呼来介绍他,就是爱国志士。

在先秦,"士"是一个独立的阶层,子曰:"士志于道",就是说士是社会基本价值的维护者;曾子曰:"士不可不弘毅,任重而道远",是讲士承担着传承文化、传播道义和知识的重要使命,责任重大;

杨勇2009年12月在哥本哈根气候大会

而孟子云:"无恒产而有恒心者,唯士为能。"没钱没产业也还能坚持信念的,只有"士"才能做到。

烟斗继续说,我很想做但是没做到,但是我认为杨勇达到了"士"的标准。古人云"读万卷书行万里路",没路的地方他都去行了,而且是带着专业知识和科学的眼光去的。读书容易行路难,更难的是把读书行路的收获总结出来、传播开来、传承下去,他也做到了……

那次座谈中,杨勇的采访谈话,大家认为是他很精彩的一次演讲。

随后在王方辰先生的介绍下,杨勇又在北京大学作了专题讲座,引起了其他媒体和国际组织的关注。

12月,杨勇从网上发来了冬季考察的方案——

1. 具体考察路线

长江三源区及游牧越冬区域:长江北源当曲源区

2007年杨勇率领考察队在长江源致敬母亲河　税晓洁　摄影

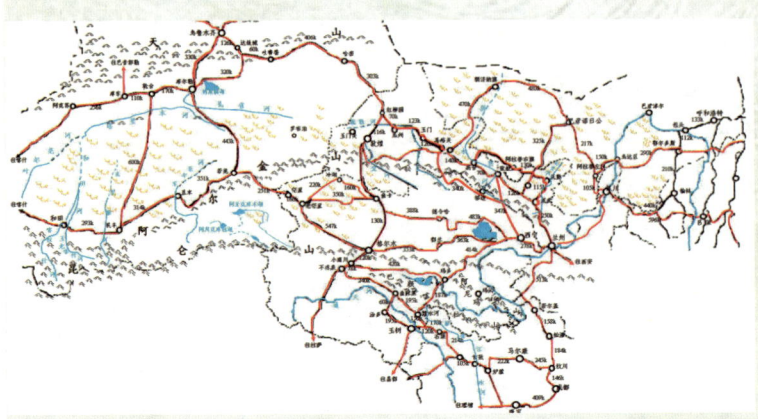

历年来考察线路图　王玮玲　绘图

及查旦乡、西藏自治区巴青、索加两县游牧区；

长江北源楚玛尔河中下游流域：曲麻莱县曲麻河乡、色吾乡等；通天河中下游游牧区；长江正源沱沱河流域、吉日乡、唐古拉山乡游牧区、安多县以西羌塘游牧区，雅砻江、大渡河调水枢纽淹没河段游牧区。

本次总行程2万余公里，涉及区域20万平方公里。

2. 考察项目

（1）源区通天河段侧房沟调水枢纽水库回水河段封冻情况，包括冰层厚度、面积、冰下水流状态、流量，对调水运行的影响等。

（2）侧房沟调水枢纽地曲麻莱县冬季枯水期水资源状况，牧民用水状况。

（3）阿达、阿安、浪多、林柯，玛曲调水枢纽水库封冻及淹没区冬季牧民生存状况。

（4）封冻河段冰凌汛状况及对水库输水隧洞威胁安全的调查。

……

参加人员：5人（实际6人）。

方案尽管很详尽，但问题仍是经费短缺，捉襟见肘，除了《华夏地理》提供的5万元经费，车辆、服装等装备均无下落。

原先答应提供两台车的陆风汽车公司，还在走漫长的程序，时间不等人，好在车辆的问题我们未雨绸缪。秦波，是我当年的警察朋友，当时是一家不大的企业老板，也是一个血性未泯的汉子。早先他看过了我们7月到9月对源区考察的录像后，心情激动："将来遇到需要帮助时，只管说。"当我提出车辆问题时他丝毫没有犹豫，当即决定把自己价值20多万元的帕拉丁汽车借给考察队，我们心里的一块石头才算落地。实际上，按照杨勇的那种考察风格，这辆车能不能完整地开回来，我心里实在没有底。

严格地说，冬季进入长江源区和可可西里，除了勇气和经验，拼的是车辆和装备，而我们的装备和设备都是最低端的标准。大头鞋，"黑心"棉大衣是我们的"标配"之一。

2007年1月24日，我们一大早开始装车启程。三家电视台及晚报的记者一起涌来，大家边装车边答记者提问，再合影。

下午2点23分开车启程。天空还是一片阴霾，显得有些诡异，路过的成都人幽默地说，这种天气今年有些太夸张了点。

冬季考察成都出发前杨勇接受媒体见缝插针的采访

2007年1月24日，没有任何仪式的冬季考察出发前全体队员合影

　　这种天气一直伴随着我们到了二郎山。穿过二郎山隧道，山那边却是一片豁然。夕阳如金，晚霞斑斓。虽然仅是一山所隔，但山北坡为温湿气候，山南为干热河谷气候，一山之隔两重天。

　　当晚我们抵达大渡河畔的泸定，这是从大渡河开始考察的起点。

　　继三江源夏季漂流探险考察后，由杨勇策划、中国荒漠化基金会牵头、《华夏地理》杂志资助的南水北调西线冬季考察，在2007年1月24日正式拉开了帷幕。

　　冬季进入长江源头和可可西里，对许多科学考察工作者来说，是一个梦想，但对杨勇却是一个很平常的计划实施。源区的许多地方，夏天是沼泽陷阱，不能进，他进了；冬天是寒冷禁区，不敢进，他要进，这是他探险的一贯风格。他对考察目标的极高要求，使得他习惯不走别人走过的路线，更不走回头路。四川地矿局地质专家、杨勇的朋友范晓曾经说过这样一句话："杨勇走过的路，别人很难重复。"

　　据资料显示，可可西里由于受高寒强劲西风的影响，是全国的大风区之一，在风力较弱的季节，也会有24米/秒的大风。严重的高山缺氧以及多变的高原气候，使这里成为人类生存的禁区。曾经两次赴南极考察的郑祥身教授参加了1990年可可西里科学考察后，对两地生活作了一个比较：冰封雪盖的南极酷寒无比，最低气温能达到零下89℃，夏季气温平均在0℃左右。但长城站的保暖设备极好，室内温度始终保持在20℃，工作者能得到较好的休息环境。而可可西里中午气温在10℃以上，到了晚上温度骤降，最低温度在零下40℃以下。住在帐篷里虽有羽绒睡袋却依然难抵寒冷。

可可西里平均海拔在4800米以上，而南极冰原平均海拔2350米，长城站海拔仅几十米高。高海拔造成的高山反应使人难以忍受，在可可西里总感到气短，走几步必须歇一歇。且行路艰难，外出工作总要陷车，拉车推车体力消耗很大。又受运输条件的限制，食品单调，人体所需营养不足，而在南极有固定的基地和完善的后勤服务。郑祥身认为与南极相比，可可西里的环境要艰苦很多。

科考界从20世纪50年代开始对长江源头、可可西里进行过多次考察，但多是在夏季进行，在冬季进入，以这个民间考察队的装备，意味着会发生极度低温和暴风雪以及一些难以预料的情况。

从大渡河进入，经雅砻江、通天河再溯冰河而上至沱沱河，

科考途中

戈壁滩一个叫金水口的电站已经被冻住

通天河直门达江段上的六字真言和冰棱（摄于2007年2月9日）

再抵各拉丹东，随后折向可可西里，再挥师北上向昆仑山至玛多的黄河源……这些绝大多数的地区多不通公路，更没有现成的路线借鉴，意味着要翻越雪山、穿越冰河，涉过难以预料的险阻……1月24日从成都出发，就意味着"开弓没有回头箭"，也意味着中国长江源区冬季考察探险开启了新的篇章。即将结束采访的时候，我在接受《四川日报》首席记者戴善奎的电话采访中说，这是一次"自杀之旅"……原话后被刊登在《四川日报》上（2007年3月1日）。

中国西部是一个向上的世界，连绵的山地被石头抬举着伸向苍穹，大部分的空间是崇山峻岭，悬崖峭峰。由于道路险阻，环境险恶，人们对大河源区的了解仍然是知之甚少。

中华水塔巍然屹立在这块奇异的土地上，除了它奔腾不羁的性格，这里特殊的地理环境和奇特的气候条件，形成了它丰富的自然资源。

江河还有多大的承受力？失去野性奔流的大河未来如何？

我们没有能力解决，只是试图用自己的双腿和双眼零距离地去亲近它。

冬季出发仍然是沿着通天河向上，尽管道路险阻，但杨勇的计划里几乎没有路。

此行主题仍然是：为国家发展进行独立考察研究，提出独立意见。

计划中的金沙江甘孜巴塘水电站（2006年）

金沙江地质灾害

通天河最后的村庄

冬季通天河称多江段

阳光涂抹在峡谷的山头,慢慢由一线变成嫣红,帐篷里的睡袋上结着薄薄的冰霜。早饭是昨天的剩饭,炒一下,再烧一壶开水灌在水壶里后出发。我们沿着通天河小路行驶在平均海拔4500米的称多县境内。此地古为羌地,是一片伴随着通天河而繁衍的多民族的古老土地。

通天河在称多江段复杂的地形上展示了她曼妙无比的身姿,镜头里的每一幅画面,仿佛是上帝随手的涂鸦,都是神来之笔。

岗由村的早晨

大山深处的"广场舞"

下午 6 点，我们途经尕朵乡吾云达村，村民们正在排练锅庄，场面就像大山里的"广场舞"，尘土飞扬，节奏简单，但原汁原味。

下午 6 点 50 分遇到冰坡，为了防止发生 2 月 5 日陆风车在阿日扎乡的翻车事件，我们对冰坡进行了开挖和铺垫后方小心通过。

晚上 7 点 30 分发现在峡谷的半山腰，有一座灰色的古城堡耸立在暮色中。我们大喜，驱车到山脚下，才发现这个和大山浑然一体的村庄，一条由牦牛和山羊踩出来的路，蜿蜒盘旋在半山腰。这是一条有点让人忐忑的路，虽然没有冰，但土质松软，恐汽车的重量难以承受，另一侧是怪石嶙峋的深沟，稍有不慎，后果不堪设想。大家提着一把汗，屏气凝神，仔

与大山浑然一体的岗由村

陈来进一家

细引导，颤颤巍巍地爬到了村里的高地。

村里的老少像见到了外星人一样围了上来，但都不上来说话，一说话却又听不懂，正在着急，来了一个精瘦的汉子，说着一口地道的四川话，队伍里的四川人立即接腔，分外亲切。原来他叫陈来进，四川南充人，16年前入赘到这里，是这里唯一的汉人。陈来进好个热情，把我们迎到家里，端上奶茶，叫他老婆（这里藏语叫"莫尼"）烧火做饭，再听他娓娓道来：

原来16年前，他和十几个南充老乡一起来到青海修公路，拐着弯认识了现在的老婆，听说这里没有计划生育，抱着多生几个娃的动机，陈来进就独自留了下来。这一留就是16年，这一生就是5个娃（一女四男）。

他16年没有在这里见到一个外人，16年没有听到一句乡音，16年他也没有完全听懂"莫尼"的藏话；

16年他攒下了土坯房子几大间，牦牛40只，羊70只；

16年他用内地的技术教会了村里的藏民种土豆，教他们给青稞除草，带头盖温室种蔬菜；

如今他能收获青稞2000斤，土豆4000斤，是村里第一个买了卫星电视的家。(当然,他们买电视不是为了看电视,而是为了看录像。)

他还带着他的"莫尼"回过一次四川,还到照相馆拍了一张合影。他上小心翼翼取出那张敷了膜的照片,经他同意,我们翻拍了这张洋溢着藏汉团结的照片。

晚上,杨勇炒菜,税大师主杯,一瓶"沱牌曲酒",一堆花生米,一碗炒羊肉,我们几个不喝酒的凑角,陈来进储存了16年的话匣子如决堤的河水,乡音绕梁,乡情浓浓。顷刻,一瓶"沱牌曲酒"就见了底。喝至半酣,税大师执意要把自己的棉大衣、棉帽子送给了陈来进……

这个在地图上叫岗由的地方,只有在青海的分县地图才能看见。这里峡谷陡峭险峻,冰封的通天河在这里像一条凝固的玉带,石头砌就的房屋,确有着古朴的风格。

环顾四周大山,见不到一点绿色,地上几株稀疏的瘦草在风中摇曳。这点植被如何养育他们的牛羊?他们的生存秘密又在哪里?

陈来进回四川拍摄的第一张照片

村里只有8户藏族,还有一个汉族男人,他们的服饰及灰色的村庄几乎和大山融为一体,阳光通过峡谷的时间是那样的吝啬和短暂。黄昏时分,破旧的经堂里传来僧人混浊的诵经声,男女老少弯着腰鱼贯进入了那个声音发出的地方,那个寄托着自己对今世的认可和来世幸福的地方。

陈来进的大儿子已经15岁了,还没有上学,我问老陈,孩子这么大了,上学怎么办?老陈说,乡里

通天河谷

岗由村陈来进一家普通的早晨

陈来进和他的孩子

有个学校,太远,又不收住校……我问,这里人生病了怎么办?他说,乡里按人头每人每年收10元医疗保险,但是去看病时,人家说,上面来了文件,看病还是要自己掏钱……

老陈说,这里从来没有见过外人,见过最大的官是乡长,以至老陈的"莫尼"第一个看到我们后,先向老陈报告说,是乡里来人了……

我们聊着天,电视里正播放着《红楼梦》选秀的直播,落选的男女,花容失色,粉脂乱飞,亲友团泪如雨下……对于这里,电视只是一个遥远的文化符号,里边的喧闹衬托出这里出奇的宁静。对老陈和他的孩子来说,也许那里是个梦幻的世界。

我们问,需要我们帮助什么?比如寄些衣服什么的?老陈诚恳地说,

陈来进一家的变迁　杨勇　摄影（2014年）

那都不需要，就是给我们全家照个像，寄给他就行了。

第二天，我们给他们全家照了全家福，还拍摄了他的"莫尼"和孩子放羊的镜头，老陈跑前跑后，笑得合不拢嘴，大山里洋溢着欢乐的气氛。

这里峡谷幽深，苍穹近在咫尺，是一个阳光难以普照的地方，但这里的乡亲却有着比阳光更加灿烂的笑脸。第二天，我们离开了岗由村这个悬崖上的村庄，全村老少十几口人都站在屋顶上招手，一直到我们消失在烟尘之中。

2014年12月杨勇带队再次到达岗由村。他在电话里告诉我，陈来进一家和村里的其他几户，都已经搬到了山下乡里的安置房，陈来进还添置了一台小面包车，平时还是要回山上照

通天河无人的村庄涌来村

通天河和峡谷浑然一体的村庄

顾他的牛羊。从杨勇发来的照片看，陈来进的孩子已经人高马大，一家人的生活明显上了一个新台阶。我由衷地祝福他们。

同时赞叹，面对人类生存最大的极限，他们对生活豁达的态度，对环境的天真从容，对生命价值最质朴最简单的认同，在他们面前，我们应该低下自己有点虚伪的头。

10点，我们离开岗由村，继续沿着自然小道向通天河进发，在11点15分抵达连自然小路都彻底消失的"涌来村"。这是个自然环境比岗由村更加恶劣的地方，村里的人应该已经生态移民了。这是一个曾经记录着人们悲欢离合但已经成为废墟的村落，无人居住的土房子正在慢慢回归大地，蓝天下是空旷的寂静。

一个没有大门的院子前，几株青稞仍在阳光下摇

涌来村

曳着自己的腰肢，似乎告诉我们，只要活着，就要开出自己的生命之花。房顶上，一条褪色的但寄托着人们祈愿的经幡仍在风中飘动。

没有人的村庄，信念仍在坚守。

留在冰河上的车辙

2007年2月20日，我们离开了称多县岗由村后开始驶向通天河烟瘴挂方向。经过十多天的雪地路程，我们即将溯冰河而上前往沱沱河。

大年初三，一个中国人都在团聚的日子，我们开始了从通天河到沱沱河的破冰之旅。

昆仑山地貌

前一天，高原反应对苦难的牙齿又开始了折磨。高原的低气压对发炎的牙髓催发的痛苦令人难以忍受。2006年夏天漂流当曲的牙疼噩梦一直使人心惊肉跳。我靠着几片"散利痛"不断欺骗着自己可怜的牙床。

牙疼使自己昏头昏脑但又不得不早早起床。上午从烟瘴挂峡谷出口的营地出发，继续溯江而上。但由于峡谷水流湍急，冰层的厚度达不到汽车通过的条件，只得从峡谷背后绕道。在这些陡峭的、狭窄的几乎是无法逾越的雪山上，我们把汽车的所有性能发挥到了极致，经过了陷车、拖车、推车、挖车等诸多例行功课后，终于在一座乌云压顶的无名雪山下，摸黑扎下了营。

翌日早上出发，按照杨勇在图上标定的方位和感觉，在爬过了几座雪山后，我们很快折到了通天河的主航道。这里峡谷

途径废弃村庄

沿直门达向通天河深处

抵达库塞湖,感谢横幅上的所有朋友

从通天河向烟瘴挂峡谷

开阔,劲风凛冽,冰面泛着奶油般的光泽,冰层厚重的色泽给人以充分的信任感。

汽车轮子在光滑的冰面上,发出令人轻松地沙沙声。这一段江面,是我们2006年7月从当曲源头漂流过的地方。

那一次从当曲源头漂到现在行驶的江面,用了12天。当时的通天河湍急咆哮,网状的河道浩渺无边地通向天际,此时的通天河则像一条凝固的玉带,静静地卧在巴颜喀拉山的腹地,显示出一种原始旷古般的从容。

下午2点左右,马日底峡谷那令人熟悉的新月形沙丘很快

直门达水文站

当曲下游多玛乡牧民们在盖定居房

出现在眼前。一侧是圆锥形的雪山映着阳光，另一侧是高耸阴沉的沙山夹着宽阔却干涸的河床。我们弃车登上沙山，强劲的北风掠过沙面，卷起的细沙发出远古的低吟。

　　杨勇告诉我们，他20年前参加长江漂流考察时路过这里，只有几个小型的沙丘链。20年的时间沙化发育的速度超过人们的预计。

　　我遥望着通天河的下游，那里阴云密布、一片混沌。不远的地方就是巴塘，从那里下去通天河就成了金沙江，再往下就到了四川的宜宾，这条河流就被叫做长江。顺流而下，攀枝花、重庆、宜昌、武汉、南京、上海……依赖这条江生存的有中国重要的工业城市和数亿的子民。

　　不敢想象，没有了这条大江的庇佑，将是什么情形，我以杞人忧天的心态凝望着这条大河。

　　下午3点左右，我们抵达通天河与沱沱河的交汇处。干涸的河床使两岸的陡崖显得更加高耸，陡崖下面是我们夏季漂流时扎营的地方。沱沱河和当曲像两条从天际飘来的哈达，在这里紧紧相拥。2006年夏天，出现在我们眼前的通天河交汇处，是整个通天河最为宽阔的水域，蓝天白云，水天一色。我们划

马日底峡谷里的新月型沙丘

了几天才离开这宽大的似乎是海洋的地方。

出生在大凉山的李国平先生因其身体对高海拔有着内地人少有的适应性，由于酷爱意大利歌手帕瓦罗蒂，先有"帕瓦罗蒂"之美誉，后因体力超群，又被税晓洁册封为"李赛獒"意为超过耐力超群的藏獒，后一直沿用到他现在的微信号。

从诺木洪向玛多进发

考察之后，赛獒兄弟又数次登顶，拍摄8000米以上的雪山，出版了多部精美的画册，成为高海拔摄影第一人，那是后话。启动前赛獒先生把帕拉丁的方向盘交给了我，意味着把地理和探险意义上的冰河之旅的荣耀让给了我。陆风车由杨勇驾驶，乘员有刘砚、

通天河与沱沱河交汇点夏季和冬季对比

杨帆;帕拉丁由我驾驶,乘员有税大师(税晓洁)、李赛獒。起点:当曲、沱沱河、通天河的交汇处,目的地——沱沱河镇。

　　沱沱河是中国长江委员会认定的长江正源,她从各拉丹冬的姜根迪如冰川融化出乳汁般的水滴,经过百川的纳入,形成沱沱河。虽说她的水量只有南源当曲的四分之一左右,但她的美誉度实在太高,当曲源头的沼泽地委屈得无法与她媲美。沱沱河的河床纵横交错,在冰上驾驶,我们曾经多次陷到冰河里,后来次数多了,麻木到习以为常了。虽然轮下的冰层不时发出令人心悸的破裂声,还多次在冰上完成360度的高速自转,但

考察队在通天河畔陆地考察

那更像是一种令车内人眩目的冰上芭蕾,一种千古留名的兴奋使人忘却了隐藏的危机。

我甚至有点"不经意"地想起了第一个登上月球的美国宇航员阿姆斯特朗说的那句名言:我的一小步……当然,虽然他的一小步凝聚着人类智慧的结晶,代表着人类发展的崇高理想。

我们没有自诩到他那个地步,但我们毕竟以两台车和六条汉子的热血之躯,以简陋的装备,在中国冰河探险史上留下了自己的一笔。因为在我们之前,没有任何探险者以这种近似于"殉情"的方式从通天河面上抵达过沱沱河。

我们曾经用漂流的形式亲近着当曲的曼妙,现在以冰上汽车芭蕾歌颂着沱沱河的圣洁,审视着她的过去以及未来。

美妙之后必有苦难等候,途中多次陷车,最为严重的一次是杨勇的头车坠入河中,风雪中苦救若干小时方脱险。

这里有个神奇的插曲我表叙一下:那一天是大年三十,我们在冰河例行陷车,经过几个小时的折腾好不容易才脱困爬上岸。

从通天河向沱沱河

所有的成功背后都有着不为人知的艰难困苦

　　上岸后，发现前方河面冰层越来越薄，已经不能承受汽车的重量，只有转向陆地。爬上岸后发现四周都是陡壁，只有一条峡谷可以进入，此时风卷着雪花开始肆虐，峡谷里白茫茫一片。且出现多条岔道，不知道哪条可以突围出去。

　　正在这时，风雪中走来一个红衣僧侣。打过招呼后，他指了个方向告诉杨勇，从这里出去拐几个弯，会有一家牧民叫旺堆，你就说是XX（没有听清楚他说的名字）让你们来的。说罢转身就淹没在风雪中。此时，杨勇忽然想起了什么，这个风雪天，怎么会有人到这个荒山野地里？还会说一口比较流利的普通话。此时大家也意识到了什么，赶忙跑到四周去寻找僧侣。爬上高处望去，大地一片白茫茫，没有一个人影。

大家且信且疑按照僧侣说的方向驱车，绕过几个坡，真的看见一个高地上孤零零的一间土房，遂停车叩门。开门的一看就知道是主人旺堆，但旺堆不会普通话，比比划划之间杨勇掏出了藏文介绍信。旺堆看过顿生热情，喊过妻子升火做饭。此时已经是大年三十的晚上。

旺堆安顿好我们，兴冲冲地取出家里的照片给我们看，上面有他在北京天安门的留影，看得出来，这是一件值得他荣耀的事。我们比比划划地问起那个风雪中的僧侣，他也说不清楚，我们也听不明白，他认为这是神的安排。

他的妻子和几个女儿都围着火炉忙碌。很快一桌许多叫不出名的饭菜热气腾腾摆到了桌子上。我们一起举杯为藏汉友谊、为长江、为中国干杯。那年的除夕夜令人终身难忘。

第二天，我们一起合影，互道珍重。随后我们离开旺堆家，再次驱车奔向通天河。

经过两天的跋涉，初三下午6点左右，我们遥遥看见了沱沱河大桥和沱沱河镇灰色的轮廓。沱沱河冰面上留下了一个历

大年初一，我们和旺堆一家　李国平　摄影

作者身后依稀可见的沱沱河大桥

史的车辙,冰河见证了历史的瞬间。

大年初三的沱沱河镇,一片萧条,体形巨大的昏鸦更像是这里的主人。它们在空中高傲地盘旋,在马路上旁若无人地踱步。

我们在沱沱河兵站受到了礼遇,站长刘培祥为我们安排了下榻的住所,还送来了暖气,军营里熟悉的气息令人陶醉。那一夜,我们感觉简直到了天堂。

这天是大年初三。

穿越野牛沟

可可西里在蒙古语里是"青色的山梁"(也有人叫它"美丽的少女"和"水多的草地")。

它是 13 世纪蒙古人命名的。可可西里面积约 8 万平方公里,它巍然屹立在世界的屋脊,被称为世界最完整的高原台地。金属般的铁青色岩石奠定了它苍莽的基调,它是世界公认的"科考空白地"。它的神秘和高贵,吸引着无数英雄膜拜。

可可西里冬季的藏羚羊

  每一个进入可可西里的探险者和科学家对它都有一个自己的描述。青藏高原是不是在继续长高？它冷漠的地表下蕴藏着多少秘密？地质学家在这个广袤的地质"博物馆"里每次都有新的发现。

  对于一般探险家和游客来说，可可西里是禁区。人们进入可可西里，连保护区都没有权力批准，必须要由国家林业局批准。去年，我们考察队由于等待国家林业局的审批，全队在可可西里保护站滞留了近 10 天，虽然考察队和保护区的上下工作人员都很熟。

  由于没有开发旅游，除了科考者和少数从西藏或青海边缘进入的牧民外，剩下的就是盗猎者和反盗猎者了。

  电影《可可西里》上映后，出现了一个历史性转机，可可西里和藏羚羊，甚至保护站的工作人员都被提升到一个前所未有的地位。

  2005 年秋天，一个有着 11 辆越野车、2 辆通讯车、2 辆油罐车和 4 辆六驱东风卡车的庞大考察车队开进了可可西里。其中一个"探险家"后来撰文写道："我们没有遇到过《可可西里》

楚玛尔河源头的河床四周布满了巨大的沙丘

电影中出现的沙窝,甚至没有看到雅鲁藏布江谷地上经常出现的沙山景象。"

长江三源之一的楚玛尔河,一个夏季无法接近、冬季不敢接近的地方,藏语意为红色的河流,它发源于可可西里以南多尔改错一带的咸水湖群。那里源区和沿岸荒漠化严重,资料显示为无人区,也是藏羚羊季节性迁徙的主要通道。这个地区同时也是羌塘内流湖区和长江北源水系交汇地区(东部是由楚玛尔河组成的

楚玛尔河岸的丹霞地貌

红色的楚玛尔河

长江北源水系），我们对它的了解甚少。楚玛尔河的水量是否充足？是否已经由外流向内流发展，最后不再连接长江而变成咸水湖？最终以至于干涸？通天河和沱沱河的大片沙化在这里是否也会存在？这一切对这支民间南水北调考察队队长杨勇来说，都是一直在寻求答案的课题。

2006年夏季，杨勇带领的考察队在楚玛尔河的沼泽地里，经历了无数次的陷车、拉车以及燃料耗尽后，只好打道回府。

冬季，只有在冬季，高寒强劲的西风把沼泽变成了冻土，汽车才能通过。但冬季进入可可西里会遭遇寒冷和多变的气候，存在着不可预测的风险。

2007年2月23日（农历正月初六）上午，我们从索南达杰保护站出发，顺着楚玛尔河折向可可西里荒原，白雪覆盖着荒原，灰蒙蒙的苍穹像锅盖一样扣在头顶，陆风汽车喷着黑烟，在雪地里顺着已经干涸的河床艰难地爬行。天空不时飘起雪花，网状的河床在雪地里显得更加无际。

楚玛尔河谷时而狭窄时而开阔，偶然会在两侧出现一些有些色彩的小型雅丹地貌。在这里，地壳在挤压状态下和风雨侵蚀形成的扭曲断裂，呈现出各种优美的形态，行走其间如在火

罐头爆炸"现场"

星漫步。

到了下午,沙尘暴刮起,黄沙裹着被污染的雪开始在头顶肆虐。汽车携着冰雪在河床左右来回穿梭,由于向导扎西没有到过这里,路线只有靠我们自己摸索。

可可西里太大了,此前扎西多次给"国家队"带过路,也多是走卓乃湖、太阳湖的常规路线。我们谁也没有责怪同样一头雾水的扎西。

晚上8点,我们扎营搭帐篷,面前是一个无名湖。取得冰面上的净雪后化得饮水半壶,虽然是雪,但落在咸水湖上也成了咸咸的味道了。

为了显出过年的气氛,队长兼大厨杨勇取出红烧肉罐头,由于温度低,罐头也冻住了,为了尽快化冻,杨勇大厨把罐头放在火苗微弱的液化气灶上。谁知忙忘了,居然忽略了罐头的存在,只听一声爆响,罐头爆炸了,炸出的碎肉末,飞溅到帐篷里的每一个人的脸上身上。大家惊魂未定,细观之,每个人都在肉末中眨巴着眼。到了夜间,气温骤降。为了保护车辆,大衣多裹在了汽车的发动机上。此刻睡袋的质量优劣在严寒面前暴露无疑,帐内的雾气变成雪花,飘落在睡袋上,每个人睡袋的头部,冒着缕缕雾气,像是温泉的出口。

第二天起来，测得温度为零下30℃。汽车门被死死冻住，税大师情急之下发明了"热尿开门法"，即我们将早上第一泡热尿撒在门缝上，再辅以轻微敲打，车门即开。

我们继续沿着楚玛尔河床而上，两侧沙化开始严重，汽车不断地陷，我们不停地挖。

两岸多是嶙峋斑驳、呈书页状的风化岩层。杨勇现场科普说，这些风化岩层在强劲西风的作用下，正在逐渐剥离、变碎并向南堆积，是沙化的根源之一。

早先勘测队的地图上标示的沙化现象地区，现正在形成沙漠链和实体沙漠。继续前行，一座巨大的沙山耸立在眼前。爬上沙山顶远眺，沙漠带连绵不断，在金色夕阳柔美的抚摸下，可可西里的楚玛尔河有一种残酷的美感。

我们真不知道那个说可可西里没有沙丘的"探险家"是来

楚玛尔河的风蚀岩

海拔 5200 米的库赛湖冰积垅

自哪个星球，敢如此信口雌黄。

第三天，我们翻越无名山向多尔改错前进。没有路，在大山之间寻找汽车可以落脚的地方。

最险的地方，是行走在因松动而风化的岩石上，上坡时，因山势太陡，汽车仰角几乎成了垂直，看不到前方的路，只能一边凭着感觉寻找，一边还要阻止汽车在风化岩石上的滑坠。

下坡时，冰雪给了汽车最小的摩擦，不能踩刹车，经常"垂直下降"。这时候，只能听天由命了。在这些地

穿越野牛沟

方越野,技术和运气各占一半。冒险换来的是无以言喻的视觉美感。

多尔改错在冰雪的覆盖下,一副冰清玉洁的面容。阳光下的冰面,在热缩冷胀的作用下,挤压出各种奇异的形态,千姿百态、尽显峥嵘。这种奇观,给大家提供了"谋杀"胶片的机会。

在野牛沟上方的山顶,我们看见像朵朵乌云般散落在山洼里的野牦牛群。它们是这块土地的主人,凝望着我们这些陌生的"人",像雕塑一样伫立在那里,雄壮而高贵。

野牛沟在冬天是典型的高山草甸,到了夏天在

野牛沟巨大的牦牛角仿佛向过客诉说着生命曾经的辉煌

雨水的浸泡下又会成为沼泽湿地。扎西提醒说,没有人到这里来,如果遇到野牦牛的发情期,那实在太危险。

  为了穿越野牛沟,杨勇没有听从扎西的建议,选择了一条"垂直下降"的路线,他的车先下,我的车后下,只见山势陡滑,为了安全,我建议后座的税大师下车步行,我独自开下去,税大师眼睛都懒得睁开:"要下一起下吧,我要睡觉。"他实际上是告诉我,要死一起死,关中汉子的秉性。

  我们顺着冰河滑行,冬季的可可西里,暖阳下,宁静似乎是此时的主旋律。在出口,我们见到了百十头的野牦牛群,瞬间跑动起来,大地震动,蹄声伴着漫天烟尘。苍茫的荒原,洋溢着生命的气息。那个壮观场面,充满了原始的野性,宁静与狂野在这里奇妙地叠加。

  一路风光不断,陷车也不断。在晚9点黑灯瞎火的时候,我们迷了路,只好在一个稍微平整的小河旁扎了营。这一晚,温度骤降,达到零下30℃。事后才知道,整个西北地区都在大风降温,新疆还刮翻了火车。

第四天早上,我们煮了一壶水,水虽然不够大家喝,但我们特别优待扎西,给了他一杯开水,一包压缩饼干。剩下的人就凑合了。

昨天晚上下了雪,早上天空又飘起了雪花。扎西认不清路了,杨勇拿出地图调整方向,拐弯抹角总算找到了库赛湖。

库赛湖在昆仑山的南侧,我们远远望见昆仑山像玉龙一样逶迤盘踞在大地上。阳光下的雪山泛着银光,分外妖娆。

再见了,野牛沟!

野牛沟

遇险尕尔曲

从冬季走到夏季,再到秋季,我们已经在高原行走了一百多天。9月应该是江源很好的季节,可自从我们进入后,天气就一直很坏。飞扬的大雪,搞得天昏地暗混沌一片。

我们之所以没有撤退,除了男人的勇气和面子,最关键的

远处各拉丹东冰川充满着诱惑

就是我遥望见了各拉丹东,她如金字塔般呈现在远方,光芒四射。那种诱惑无可阻挡……

多次去过各拉丹东的税大师,为了坚定大家的信心,在车上继续他无可阻挡的口头诱惑。比如去过珠穆朗玛峰的人已经多如牛毛,能够抵达各拉丹东的人在这个地球上按比例应该是寥若晨星……他鼓捣着还要再次进入各拉丹东。

"你从雪山走来,春潮是你的丰采……"一曲《长江之歌》给全国人民上了一堂浅显的地理课,于是很多人知道了长江是从雪山流下来的,但若问到长江是从哪个雪山流下来的,我相信,大多数人难以准确回答。

《中国国家地理》杂志曾经在 2006 年 2 月号上,做过一次

如流云般的各拉丹东冰川

读者素质调查，对象是大专文化程度以上的人群。题目是：青海在哪里？结果百分之九十的人没有回答正确，多数人竟答在西藏和新疆。最接近的答案是：在青藏高原。

此次同行，曾经徒步长江考察的税晓洁（税大师）为《中国国家地理》杂志写过专稿《大江寻源》，他在说到各拉丹东时这样简洁地写道："各拉丹东雪山是唐古拉山脉的最高峰，海拔6621米，万里长江最初的水流，就是来自她怀抱中的圣洁冰川……"

按计划，杨勇开车考察开心岭的煤矿然后折向索南达杰保护站，那里也是会合地点。我和税大师、李赛奘开车到尕尔曲（老通天河大桥）见机拍摄各拉丹东，为什么是见机呢？因为要看天气是否赏脸，能否见到各拉丹东的真容。随后必须返回索南达杰保护站会合，单车在冬季进入各拉丹东也存在着许多不可预知的危险因素。

中午12点在青藏线和杨勇他们分手后，我们顺青藏线向拉萨方向开进，在一条乡村小路转下，下午4点抵达尕尔曲——老通天河大桥。尕尔曲和通天河相距遥远，把尕尔曲称作通天

尕尔曲陷车

黄昏的尕尔曲仿佛洒落了一层金箔

河是当地的一种习惯称呼而已。

从尕尔曲大桥眺望各拉丹东，应该是较理想的地方，但天公不作美，乌云不断地从各拉丹东方向涌出，各拉丹东群山像隐在神秘面纱后面的仙女，忽隐忽现。偶然一束阳光从云层里投射到各拉丹东，把雪山勾勒出金色的轮廓，展现出她绰约的风姿和勾人魂魄般的美丽。

实地所见证实税晓洁在文章中的描述决非妄言。各拉丹东藏语意为高高尖尖的山。尕尔曲从她的怀抱里潺潺流出，在宽阔的各拉丹东东侧河床成为浩瀚的网状水系，汇入长江南源当曲，在囊极巴陇和沱沱河会合。

而各拉丹东西南侧的姜根迪如冰川则是长江正源沱沱河的发源地。此时的尕尔曲已经是冰冻三尺，在阳光下泛出凝固的美丽涟漪。税晓洁提议，我们开下河床，无论走到哪，只走一个小时就返回，争取抵近拍摄，还说这高原的天气没个准，乌云都是暂时的……我在踌躇：单车进去，风险大，毋庸置疑，尤其是车一旦出了状况，后果是致命的，而且杨勇还等着我们

黄昏的尕尔曲

在索南达杰保护站会合，信息又不通（这里任何信号都没有）。不进去，实在不忍，各拉丁东像一个美丽的女神站在那里，近在咫尺，放射着摄人魂魄的光芒。要知道，税大师第一次进来可用了17天的路程。何况这次我们从通天河到沱沱河基本一路都是在冰河上穿越，已经积累了一定的冰上经验。略一思忖，我们仨一致决定开下河床。

我们很清楚，各拉丁东尕尔曲冬季的诱惑和致命是共生的。这是一条风险四伏的线路，完全靠税大师的感觉和判断。我们瞄准各拉丁东雪山方位，顺着河床开始穿越。

河床的基本规律都是弯曲的，尕尔曲也不例外，我们很快发现尕尔曲网状的冰河弯道非常大，往往要转很大的圈子。为了节约时间，我们决定上岸抄近道走直线。

这里海拔5000多米，远看似乎都是舒缓的坡地，到近前就会发现，全是如同凝固的海浪一般的草甸。没有任何植被，只有枯黄的高原苔藓附在草甸上，点缀着冷冰冰的荒原。

我们顺着河床爬上来，开始了颠簸跳跃之旅。约定的一个小时很快就过去了，谁都明白，应该往回返了。面对眼前各拉丹东的诱惑，谁都没有说，有时"装傻"也是一种默契的智慧。一点都不夸张，那天汽车在草甸上像袋鼠一样跳跃。

李赛燊脸部痉挛，方向盘夸张地舞动着，我们被汽车甩来甩去，头被撞得晕头转向，但这些都不在话下。揪心的是帕拉丁的钢板，这种实在恶劣的地形加上零下几十度的低温，钢板的脆性大大增加。如果断裂，就是有备用钢板和工具也奈何不得。汽车在颠簸中载着三个赌徒，向着梦幻般的各拉丹东群山驶去。

颠簸中，税大师指着前方的一排黑影子自信地说，右前方应该有一户人家，他1997年徒步长江的时候来过。等到了跟前才发现不过是一片坡地的阴影而已，这位可怜的老弟由于多日奔波又坐在后座被颠得晕头转向，导致视线模糊，多系高原综合反应症，外部表现就是容易"指鹿为马"。

我们毕竟不是袋鼠，在草甸上的跳跃不是我们的专长。于是又沿着河道走，但尕尔曲的网状水系和支流很容易使人在她的迷魂阵里迷失方向。

我们就是在迷失中不断地寻找自己，在冰上不断地三百六十度旋转，一切非常规的操作在这里都显得正常。

我们心怀叵测又义无反顾地继续向着各拉丹东前进，尕尔曲的黄昏却很快就降临了。果然此时的各拉丹东雪山出现了姹紫嫣红的奇异光芒，光线在迅速地发生变化，赤橙黄绿青蓝紫，一一无序登场，如仙女般在天际演绎着令人激动的色彩。

我们像一群信徒一样"顶礼膜拜"着冰川，变换各种角度，不停地拍照，跪着拍，趴着拍……此时的相机快门在严寒下变得异常迟钝，每按一下快门，冻僵的手指疼得就像被人用锤子猛锤了一下，哈上两口气才能再按下一张。各拉丹东雪山上的光线魔幻般地变化，但很快霞光收敛，冰川和尕尔曲被夜色笼罩了。

我们忘却了自己设定的时间，共同违背了"一小时"的承诺，但理智还是提醒自己，该返回索南达杰保护站会合点了，从这里还有几百公里的路程，哪怕赶个通宵，我们还是要赶回去。

此时的杨勇应该开始着急了，我们早已超过了应该返回的时间，选择的路线对任何人而言都是陌生的，在广袤的荒原，谁也不可能找到我们，估计他们正在推演着什么样的惨象。

我们开始调头寻找回程的路。吃够了陆地草甸的苦，决定走河面。夜晚的各拉丹东又是一种风情，似乎触手可摘的星星从天幕倾泻到地平线，深邃的宇宙蓝得可人。月亮悬挂在天际，照在乳白色的冰面上，反射着温柔而凝重的光泽，这些美景让人忘记了可怕的低温很快就要到来。

车陷尕尔曲

夜晚改变了白天的一切参照物，在网状的河床里极容易转向，我们靠着一个简易的指北针在不断调整方向，同时，急剧下降的温度也给了人一个假象，使我们对冰河的承受力产生了过高的信赖。

在近海拔6000米的各拉丹东，高反让人成了"变形金刚"

在各拉丹东零下30多度的夜晚，差点冻死在这户外帐篷里

北京时间晚上 8 点，正在冰上驰骋的帕拉丁发出一阵熟悉又令人心悸的轰响，车头扎进了冰面崩塌的尕尔曲。可怜的帕拉丁像一头掉进井里的水牛，底盘搁浅在冰上，四个轮子陷在冰河里……不幸之万幸，离岸边还不算太远。

仰望星空，估计上帝正看着这几个可怜的家伙。救援不能指望，全靠自己救自己。多日的陷车、拖车使我们已经形成了高度的协调性和默契感，各自起抄家伙，开始在水下打千斤顶，往水下垫沙土。

由于这里没有大块石头，沙土倒下去，立刻就被湍急的水流冲走，给我们的自救增加了更多体力成本。温度计显示，此时的温度已经接近零下 40℃，但我们仨的头顶仍然冒着腾腾热气，经过 3 个多小时的反复折腾，自救成功，帕拉丁吼叫着爬出尕尔曲。

此时的我们已经筋疲力尽，如果继续前行，前途莫测，再掉到冰河，体力基本耗尽，后果难测。于是决定就地扎营。杨勇同志就是彻夜难眠，捶胸顿足，我们也是无可奈何了。

3 月的各拉丹东冰河之夜，搭一个普通的夏季户外帐篷过夜，（冬季帐篷在另外一台车上）这个存活概率恐怕不太高。我们把能盖的、能垫的都拿出来，包括前几天在牧民手里才买到的几张还没收拾的羊皮。

大衣裹在了汽车发动机上，对汽车丝毫不敢怠慢，那是我们的半条命。那个晚上的冷啊，已经载入我们关于温度的永恒的记忆。羽绒睡袋就像盖在身上的一张报纸，后半夜我的双脚失去了知觉，感觉就像放在冰箱的冷藏柜里。一直半梦半醒，甚至出现了各种各样的幻觉。哥仨哆嗦着挤作一团，挣扎着挨到了天亮。

早上爬起来，帐篷被冻得像老腊肉一般坚硬，里面霜层一片，每个人的睡袋都覆盖着厚厚的冰雪。室外的温度已经达到零下43℃。双脚像被打了麻药一般，失去知觉，勉强走了几步，仍然没有感觉。数天以后，我的脚指甲变黑，开始脱落。

强悍的李赛熬的嗓子疼痛，居然开始咳血，后来到格尔木诊断为"嗓子冻伤"。因为他在自救成功后，许是帕瓦罗蒂附体，高歌一曲《我的太阳》，冷空气乘虚而入，粘住了声带，这也是第一次听说嗓子也可以冻伤。现在想起来，如果不是哥仨挤在一起，一个人真会被冻死的！

举目四望，各拉丹东显露出另一种容颜，金色的朝霞铺满在尕尔曲的冰河上，湛蓝的天空如水洗过一般，远处的各拉丹东雪山此时闪着玉石般的光芒，令人有种顶礼膜拜的冲动。

在高原阳光无私地抚摸下，我们挣扎着开始驶向可可西里，车轮在冰面留下两道优美的曲线，那已经是历史的印记。

我实在写不出赞美长江的辞藻，从古到今，歌颂长江的辞赋已经浩如烟海。我只能说她是一条生命之河，大地万物在她的两岸繁衍生长，首先是生物链的摇篮，然后才产生了中华民族的大河文明。人类的历史，就是一部大河文明史。

回到索南达杰保护站，面对兄弟们的责怪和担心，受用了美景之后，也是心甘情愿的！

在索南达杰保护站帮助了一位严重高反的驴友

第 肆 章

Chapter 4
DaJiang YuanJi

消失了的曲麻莱老县城

在治多与肺水肿赛跑

贡萨寺：雪豹与求水的故事

听尼玛讲藏野驴

冬季放牧点的扎西美拉

冰河翻车的生死瞬间

与死神擦肩而过的警示（生存小贴士）

●●●突然听见乌卓惊恐的叫声：慢慢地！慢慢地！猛抬头，此时已晚，也许是体能的严重下降导致人的判断能力下降，车身已经失控，垮塌一侧的路面上，车身已经倾斜着冲向河床，随后右轮猛地撞击到下面的水泥涵管，车身翻了180度，重重地倒扣在水面上，水很快涌了进来，我和乌卓四脚朝天压在一堆，头被车里的背囊压在了水里，此时心里没有恐惧，只是一阵懊恼，怎么会死得这样窝囊！这是在翻滚坠车中唯一的念头。

消失了的曲麻莱老县城

发源于可可西里腹地的楚玛尔河一旦流出荒漠,便展现出独特的魅力,它自身的高度决定了它荒野的个性,夕阳下,泛着金色,缓缓流出谷底,无拘无束奔向远方。

过了楚玛尔河,考察队继续向东,来到一座废城。这个地方叫色吾沟,是 1952 年 10 月青海省玉树藏族自治州曲麻莱县成立时的县府所在地。1980 年 10 月,色吾沟因环境恶化而被废弃,新县城迁至 70 公里外的通天河更下游的约改滩。

色吾曲的河水好像是被朱砂浸润过,红红地从

曲麻莱老县城的遗址
曲麻莱抗高寒的矮柳林

宛如调色板的色吾曲

天际漫漫而来,再汇入长江水系。阴沉沉的云层笼罩四野,我们顺着便道很快抵达曲玛莱老县城。虽然2006年我就见过这座废城,这次再次目睹,仍感觉一股掠过心头的荒凉!在摄影家眼里也许那是一种凄凉的美,对于自然生态来说就是灾难。

青藏高原特有的瓦蓝天空下,河谷里一片焦黄中,废城点点赤青的残墙断壁格外刺眼。河谷里还残存一点水,河床上庞大的废墟已被黄沙包围,水和黄沙并列让人总觉得不真实。

进入废墟,顿时有了一种考古学家灵魂附体的感觉,直到看见一堵高大残壁上"为人民服务"的浮雕大字仍然坚挺在肃杀的风雨中,告诉人们

在生态灾害面前,人终于无可奈何地退却了

驶过的是一段历史

县政府内的水井深不见底

这并非是一座古城,它的消失并不遥远。

这个有着"长江源头第一县"美称的县城,曾经的繁华和喧嚣、车水马龙在水源干涸面前消失了,残壁上"为人民服务"的字迹在风雨侵蚀下更加斑驳。在大自然的淘汰中,没有任何例外可以逃掉。

在生态灾害面前,人终于无可奈何地退却了。

我站在半山腰伫望,天空中划过令人惊悚的闪电,继而雷电开始咆哮。一阵风起,黄沙迷眼——城废的原因也是这讨厌的沙化。当年,选择这里做新县城,是因为这个河谷水草丰美,但终于,人还是搬走了。

在恢弘的宇宙中,在亿万年的地质年代中,人类,只是大自然漫不经心的一瞥。

我们来到地处长江源头第一县的曲麻莱(约改滩),这个曾经号称中华水塔之县,过去水资源十分丰富,但近年来却出现了河流干涸、地下水位下降、冰川退缩等现象。(由于水源的窘迫,曲麻莱已经两易县城。)

早上起来,映入眼帘的是县城街道上,一辆辆拉满水的拖拉机和板车缓缓在街头行进。住在县城的居民们纷纷拿出水桶,等候在家门口准备买水。据一家饭馆的老板介绍,一铁皮桶的

曲麻莱新县城

水要卖到4元钱，每天光买水也是一笔不小的开销。

我们住在县政府院子里，门口就有一口井，一个妇女正在井边打水，我和杨勇到跟前一看，真有些深不见底，那个妇女是县政府的干部，很健谈。她说，县城原有136眼水井，到2000年只有8眼有水，县城80%的居民都靠买水生活。过去在县城随便找个地方挖上三四米，水就能溢出来。短短的20年时间，水位下降到了匪夷所思的地步。现在，就算是有钱也打不出井来，有的人花了2万块钱打井，打到二十几米都没见到水。

在曲麻莱得到的水文资料显示，除地下水水位下降特别厉害外，全县30多条河流中，属于长江流域的18条河流已经干涸了。全县5.25万平方公里的土地，有20%已经沙化。

中国科学院昆明植物研究所研究员武素功，作为1991年可可西里科学考察队队长，13年前就曾到过长江源头各拉丹东地区。武素功说，1970年至1990年的20年间，冰川退缩了500米，平均每年退缩25米。现在是13年退缩了750米，平均每年大概退缩57米，可以看出，冰川退缩的速度加快了。杨勇分析认为，出现这些现象的原因，是由于水量补给不足和全球气候变暖两方面。平均气温由原来的年平均温度零下4℃上升到这两年的零下2.8℃。气候因素导致了长江源头的干涸日趋严重……

据说这两年在有些地方，却又出现了井水喷涌的现象，水又多得成灾。这，也许和2001年11月14日的那场8.1级昆仑大地震有关。青藏高原地区是地球上生长速度最大的区域，也是中国西部现代构造最活跃地带和中强地震的主要发育场所之一。杨勇说：不要忘记，青藏高原是一块年轻的高原，而我们对它的认识，实在是肤浅得很。

宇宙蕴藏着无尽的奥秘，大自然也有着自己恒定的规律，人类的干预必然会影响到它正常的运转，也许人类的干预有限，但这个干预的限度在哪里？

在治多与肺水肿赛跑

抵达曲麻莱新县城。依然下榻2006年夏季漂流住过的那家交通宾馆。

头依然是例行的疼，鼻子里面长出一个凑热闹的脓包，偶触动，痛不欲生，浑身依然无力。

屋里一角，一个不知年代的老电视机里正播放着台湾的文

驶过长江第一桥曲麻莱大桥

艺老片《汪洋里的一条船》，遥远又熟悉的情节，传统的故事，英俊的秦汉，想必现在早已是英雄迟暮，岁月沧桑，时光不再。

屋子里铁皮大炉子、锈迹斑斑的暖水瓶、嘎吱作响的木板床，加上秦汉演绎的悲情故事，给眼前的一切抹上了一层浓浓的怀旧情调，晕晕乎乎生出一番唏嘘。

凌晨，突感奇寒，哆嗦之后打起摆子，知是高烧来临，周宇给我盖了四床被子仍瑟瑟发抖，牙齿似饥饿的狼一般格格作响。高原最让人担心和恐惧的就是夺命的发高烧，处理不当会很快出现肺水肿，危及生命……

熬到天亮，杨勇决定队伍赶到治多。治多那里有比曲麻莱条件好的医院。离开曲麻莱向治多——只有45公里的距离。杨勇带着队伍继续按计划考察，我独自驾驶单车前往治多。

此时身上忽冷忽热，手握方向盘，眼睛似有焦距不准的感觉，

部分科考队员　左起：王玮玲　王众志　徐晓光　邓天成　李京燕　杨勇

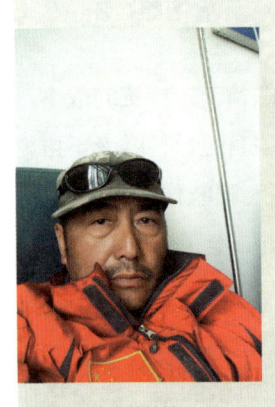

治多一次救命的输液

公路的水平线似乎在左右跳动，上牙齿磕着下牙齿，就这样发着烧开着车迷迷糊糊一路狂奔，竟然开到了治多县医院。

推开车门，跌跌撞撞直奔门诊，空荡荡的医院门诊部里只有一个人高马大的女医生，显然这里的医生都是见过大场面的，看到我这个模样，还没有等我开口，她就去取吊瓶，我问：大夫，你不量一下体温？女医生用藏式普通话回道：不来，就死了！随后就挂上两个吊瓶，动作麻利地扎上针，扬长而去。

输液两个小时，补充了大量葡萄糖能量，高烧退去，感觉明显好转。来时颤巍巍扶墙而进，出来腰杆总算直起，随后驱车返回与队伍会合，望着车窗外壮阔的草原，信心和活力慢慢重新回到体内。

明天考察队将奔向治多索加。随后几天进入的可可西里的气候条件远比现在恶劣,幸亏治疗及时与肺水肿擦肩而过,否则老命休矣。

贡萨寺:雪豹与求水的故事

2009年6月29日,我们沿着牙曲的小路向着索加乡驶去。索加乡有着良好的湿地和草场,众多的野生动物在这里栖息繁衍。我们在2006年漂流当曲的时候,索加乡境内的磨曲入河口是我们的登陆点。索加乡也可以说是中国最大的乡了,1万多平方公里的土地,如果按照管辖面积计算,这里的乡长足以和欧洲的国王平起平坐。

湿地是江源的重要组成部分,它像海绵一样,为江河涵养着大量水分,同时它又是物种的基因库。从治多到索加,我们一直是在海拔4500—4800米的高度行走。索加自然保护区主

索加湿地

从磨曲河向索加

要是以高寒草甸和高寒草原生态系统为主,同时也有大片的沼泽湿地和很少的灌丛草原。高寒草甸分布面积大,约占索加地区75%;高寒草原次之,约占12%;高寒沼泽湿地面积第三,而灌丛草原则呈零星小片,多分布在河谷和山地阴坡。在海拔4400—5200米之间分布着以高山蒿草、矮蒿草、线叶草为主的高寒草甸草场。在海拔4400米以下是高寒草原,草原土壤比草甸土壤干,草层不明显或没有,底层是沙砾,以紫花针茅,异针茅和莎草类为优势品种。在海拔4600—5400米之间分布有冰川和岩石,这里没有任何植被覆盖。

　　索加也是野生动物的天堂,2006年我们在索加登陆的时

气候变暖使索加湿地有退缩的迹象

索加乡政府所在地和索加野生动物保护站

候,看到最多的是绅士般的藏野驴,孤独的狼,还有天空的精灵——金雕。这些野生动物是这块土地真正的主人,每当因为我们的行动惊扰它们时,就会感到一丝歉疚。

安多尼玛是杨勇的老朋友,现在是索加乡的党委副书记。安多尼玛有着当过前治多工委书记、反偷猎野牦牛队扎巴多杰(著名环保勇士)秘书的光荣经历。我们先在治多现场碰头,在半路他又赶上来为我们带路。当天色已晚,阴霾四起的时候,车队顺着小河拐进一个偏僻山沟,如果没有人带路,谁也不会发现这个山沟后面是一个豁然开朗的山谷。

山谷里面有一座静谧的寺院,是治多著名寺院贡萨寺的属寺,也称作贡萨寺。寺院里有僧人八九位,见到是尼玛书记带来的客人,寺院里的僧人上下忙话了一阵,到井里提水,

贡萨寺

牛粪把个炉子烧得通红,一会功夫,屋子里弥漫起醇厚的酥油茶味道。

队员王玮玲在当天的日记中这样记载:20点20分尼玛书记领众人拐入牙曲峡谷中的贡萨寺。于寺中火塘旁用餐后,收拾

与僧人们促膝而谈

炊具间,其余众人观雪豹,议照片。奇寒,风急。井中打水之际,把不稳摇把,被重重击打头上,几乎晕倒,幸无大碍。李大师(李国平)告知杨勇已开会讨论时,脑袋仍昏昏然……

晚上喝完酥油茶,僧人阿翁成来拿来一个雪豹的头骨请大家看,他告诉我们,这个雪豹的头骨是去年6月的一天,被寺院里的狗叼回来的。从头骨的牙口看,这是一只年老体衰的老雪豹,在没有天敌的情况下,寿终正寝,被其它动物捡了个便宜。阿翁成来告诉我们,他最近一次目击雪豹(藏语里叫"萨")是在2009年6月的一天。他还说一个叫夏勒的美国动物博士也在去年5月来过寺院,据说是研究雪豹的专家,在这里呆过一段时间考察。

百度百科上这样给雪豹定位:雪豹是一种美丽而濒危的猫科动物,是促进山地生物多样性的旗舰,是世界上最高海拔的显著象征,是健康的山地生态系统的指示器。因为它的活动路线较为固定,易捕获,加之豹骨与豹皮价格昂贵,人类不断地捕杀雪豹,使雪豹的数量急剧下降。人类的活动给这种大型猫科动物带来了巨大的生存压力,没有人确切知道野外现存多少只雪豹,估计种群数量仅有几千只。雪豹已被列入国际濒危野生动物红皮书。

雪豹是高原的精灵,它在重重山岭间穿梭,追捕猎物,宽厚脚掌的趾间生着毛发,脚步轻柔徐缓,就像融雪悄然滑落山脊。造物主十分偏爱地给了雪豹一个完美的身段。

我们数次上高原,见过许多藏羚羊、藏野驴、

贡萨寺的早上

野牦牛、狼、狐狸等，因为雪豹的敏感和警觉，无缘见到活体的雪豹，颇为遗憾。

雪豹是高原生物链上最重要的一环，由于猫科动物繁殖的难度远大于藏野驴等大型种群，因此，不光是在青藏高原，就是在整个中亚高原地带，雪豹的数量也呈下滑趋势。是否完全是人类的原因导致雪豹数量的下降，应该是个比较复杂的问题。人，其实也是生物链的一部分，几千年的历史证明，人和这些野生动物并非截然对立的水火关系……尤其是在索加这个地方。对于厚待野生动物的索加人来说，藏野驴与雪豹没有什么不同，都是朋友而已。

雪豹最危险的敌人是来自生态环境的变化和人类中的坏人！

近年来，随着红外线摄像机的普及，人们欣喜地发现雪豹的种群逐渐在恢复，善莫大焉。

晚上大家与众僧人就着摇曳的酥油灯互动了一番，话题很广，但语言不通的缘故，多是不得要领。队员分散在寺院的各个角落睡觉，我和两个僧人汉子头抵头地睡在一个屋里，伴随着雷鸣般的鼾声直到天亮。

早上起来，见一辆摩托车从山脚拐过来，和寺院主持嘀咕了一番，然后驮着阿翁成来疾驶而去。细问，原来是牙曲四组的牧民来请寺院的僧人去村里念经，原委是村里的水位下降，请僧人施一下佛法，让水升上来。过去我们内地的一些地方缺水，村里也会请法师或道士之类仗剑做法呼风唤雨，这个题材太珍贵，可惜我们没有及时跟进，没有拍到阿翁成来求雨的场面，留下颇多遗憾。

大早，僧人在寺院的各个角落穿梭忙碌着，许多僧人光着脚在行走，疑是经济拮据，问寺院长者得知，这个时候大地复苏，如果鞋子太硬就会伤害草地上那些细小的生灵，这就是他们对自然的理解和与自然相处的和谐方式。正是这些理念使得他们对自然充满了敬畏和尊重，加上近年来科学元素的介入，如太阳能在高原普遍的使用等，高原才逐渐的生机盎然。

殿堂深处传来阵阵诵经声，浑厚而富于感染力，他们是用心灵在感受佛法与自然的存在，我们则是用理性思考反省眼前的一切，有信仰的人有着满满的幸福。

鉴于通天河在西线调水中的特殊地位，沙化将是一个不可忽视的问题。杨勇想从陆地上接近拍摄它的照片，我们又开始寻找一条没有路的路。2006年的那次漂流给人留下了终身难忘的记忆，当曲与沱沱河交汇的河面，天高云阔，通天河烟瘴挂峡谷的美景

索加乡党委副书记安多尼玛陪同考察队考察索加湿地

何处不陷车

实在充满诱惑。我们在目标的驱使下，顽强地从峡谷穿出，又从河道里涉过。

当我们使尽浑身解数，经过无数次陷车，仍然无法打通这条从没有人试探过的路，只得放弃烟瘴挂的目标，原路返回。

在距离索加乡30多公里的地方，我们终于又见高原"绅士"——一群优雅的藏野驴群，它们瞪着美丽无辜的大眼睛伫望着我们，眼神里没有对人类的畏惧，彼此互相对视，那是一种和谐与感动。一路驶来，发现藏野驴比前年似乎要少一些，也许是接近了繁殖季节或是其他原因，而公路沿线牧民的定居点似乎明显增多。尼玛告诉我们，这里的牧民很快就要离开，转场到冬季牧场。

听尼玛讲藏野驴

途中尼玛给我讲了许多关于藏野驴的故事。

他说藏野驴是个很有故事的动物。当地牧民是这样描述藏野驴的：藏野驴在山顶像哨兵；在山沟像探子；到河边饮水像打水的女人；从背后看像一个人牵着羊；从前面看像一个人骑着马手拿长矛；成群吃草像驮运茶叶的商队……我对藏野驴的描述就是高原的动物绅士。2006年夏季漂流当曲时，在后几天就经常把岸边伫立的藏野驴当作接应组的兄弟，每每都要雀跃一番。

在索加的沼泽地里可以发现一条弯弯曲曲的"沟"从干涸的沼泽地边缘穿过沼泽，这条"沟"宽不过半米，但底部的泥沙坚硬结实，这是藏野驴年年迁徙留下的足迹。当成千上万的

天高云淡下颇显高贵的藏野驴

藏野驴迁徙的时候，整个草原都会被染变色。索加境内的君曲被称为野驴河。那个场面当然是遥远的事了。

从20世纪80年代开始，政府禁止猎杀藏野驴以后，但此时除索加的君曲附近的藏野驴有增加外，其他地方很难见到成群的藏野驴。这几年由于气候原因，导致草场不断退化。同时，因沼泽干涸，昔日藏野驴的迁徙之路，已经显露无疑，它们也无需再寻找那条回归迁徙的小路。这些因素导致藏野驴的活动区域也在缩小，藏野驴与家畜共处一个草场的情景已不是新鲜事。也许是索加的人更加善良，也许是索加出了一个反盗猎的英雄——索南达杰。总之，眼下藏野驴在索加的生活是安逸的。

晚上7点30分，我们驶进了阔别两年的索加乡。

寒冷笼罩下的索加乡，在冰雹和淫雨的袭击下瑟瑟发抖。我们在尼玛书记的带领下进入一间平房，宾主坐定，尼玛书记说，这间简陋的房子就是反盗猎英雄索南达杰在此任党委书记时的

藏野驴与羊群和谐共处

三江源的藏野驴

与索加乡党委副书记安多尼玛在索南达杰的旧居

卧室。闻言,我们当即起立,顿时对这间陋室肃然起敬。

　　清晨在藏狗的群吠声中醒来,天气仍然是淫雨绵绵、寒风嗖嗖。杨勇熬了一锅粥,粥里放点红糖,喝下肚,热量传遍寒冷的身体,在这个地方已经是很惬意的早餐了。

　　队伍出发前,志愿者陈显星被蜷缩在门口的藏狗咬了一口,伤口很深,王玮玲很利索地做了消毒处理,随后出发。在这里,据说是买不到一针狂犬疫苗,另一个说法是高原的狗不带狂犬

考察队给索加小学赠送学习用具

病毒，但愿如此，此时一切听天由命。

车队发动，拟向湿地进发，尼玛说先带考察队去看湿地的黑颈鹤，据说那里有一个极好的观鸟点。尼玛为我们带路，出发前，考察队向索加乡小学赠送了一批在治多买的学习用品，学校和孩子们集体出动，很隆重地举行了接收仪式。看着孩子们黝黑脸上庄重的表情，我们没有感受到赠予的快乐，只是感到自己的力量实在太微弱，心里倒是内疚不已。

冬季放牧点的扎西美拉

天黑之前，尼玛找到了一个叫扎西美拉的牧民，他前不久在采虫草的时候受了伤，正在家休息。他带着我们到他冬季的放牧点——一间孤零零坐落在荒野上的土坯房子。这间土坯房子对于我们来说就意味着可以不搭那个繁琐的帐篷、不用在风

扎西美拉的帐篷

雨中烧水做饭……土坯房子里有现成的炉子、干牛粪，还有几张床，对我们来说这已经就是天堂了。刚安顿妥，一场大雨倾泻而来。屋外的一切告诉你，这是青藏高原的雨季。

我们在取水做饭的时候，发现了扎西美拉的取水点是一个死水潭，有很多的腐殖质漂浮物，很不卫生。于是，老蒋、李赛燊等一干人马开始为扎西美拉家寻找新的活水源，在离越冬点不远的地方，发现了一处优质的泉眼，拿铁锹稍微一刨，甘冽的地下水就潺潺地冒出了地面。在藏区，藏族同胞有着对自然的敬畏和尊重，对于生存的要求很低，客观上他们的生活习惯也保护了世界的生态高地，但不良的卫生习惯，如随遇而安的生存状态，不洗手的习惯，豢养的家犬不打预防针以及人畜共用水源等等，也给他们带来了许多致命的问题，如高原癌症——包虫病等。

早上，志愿者陈显星用500元在扎西美拉家里买了一只羊，请大家打牙祭。帐篷里弥漫着浓烈的羊肉味，扎西的老婆带着娃，忙乎弄着酸奶什么的。早饭是那些我无福消受的羊杂碎汤，一顿羊肉折腾到中午12点，弟兄们打着饱嗝，我啃了两块压缩饼干一起出发了。

在地图上找到大致的方位和坐标，照例是行进在没有走过

为扎西美拉家找到新的水源

的路上，导航也找不到前进方向的参照物。12时30分开始在沼泽地陷车，人刚出车门，大风裹着暴雨就迎面浇来，雨后又是坚硬的冰雹砸来，弄得眼睛都很难睁开。常规的汽车拖拽在这里丝毫不起作用，浸透着水的草地下一片松软，人站在上面踩两下，水很快就会沁出来。靠着"猴爬竿"（一种立式起重器）和携带的木板垫车，总算爬了出来。之后，在磨曲上左突右转不知多少回合，陷车9次。

在雨季穿越高原湿地，本身就是冒险，加上又是在没有路径的沼泽上寻找路线，陷车就成为了家常便饭，在后来的日子里，陷车简直就是生活的一部分。

晚上7点40分，天色已暗，雾沉沉黑压压，考察队决定就地扎营。这是一条莫曲的支流，应该是在杂多县境内。这一天苦苦挣扎，也仅见3户牧民和为数不多的牛羊加旱獭3只，不见平日里常见的藏野驴。附近的草场多显稀疏，也许是在退化，也许是在更新，我仔细聆听，仿佛听见大自然的独白：大自然的一切，都有着自己的生命节律，它们在退化中孕育着新生。

藏族妇女的勤劳
给人深刻的印象

途中经过一个叫黑土滩的地方，遇到几个西宁来的种草人，他们是受雇在这里种植一种叫中华羊茅草和佩剑草的植物，据说这种植物对防止荒漠化、恢复草场有着很好的效果。他们拉着我们在草地上辨认自己的劳动成果，说是有他们种出来的草，可我们还是没能看出哪些是他们种的，哪些是自然生长的。

队员张鹤和大志已经成为"猴爬杆救援专业户"

西宁种草人告诉我们，他们种的中华羊茅草和佩剑草是由专家研究出来的，适应这里气候，政府出钱公司种，长成后验收。杨勇问尼玛书记，这样种草

穿越从索加到青藏线间的空白地带

的意义在哪儿？尼玛有些无奈地说，这是公司在这儿种的。我们想让他们种的地方，他们不种，而这些路边，牲畜也不会来吃，他们却图省事，都种在这样的地方。

很多好的事情，一旦在不规则下运作，问题就复杂了。种草恢复草场应该是善莫大焉的事情，如何把好事办好，可就是当地政府的职责了！如果做不好，还有可能破坏本来就很脆弱的生态环境。

江源的人都知道现在草场在日益退化，但很难和全球气候变化联系起来。在索加乡时，正赶上县政协的人到这里搞调研，他们一再强调的是，这些年来，江源水量在减少。政协副主席兰帮告诉我们，近10年来江源的各种灾害越来越多。1985年

西宁种草人和草原上的虫害

与湿地和谐共存的牧民

经过一场雪灾,至今都没恢复过来。20世纪70年代索加乡有100万头牲畜,1985年雪灾后,现在几乎是隔三差五地闹灾,索加乡目前的牲畜还不到60万。而且,为了缓解牧民的牲畜与野生动物争夺草场的局面,各地还在控制牧民的家养牲畜。说到这里,官员们也是忧心忡忡,在高原工作的干部从生理到心理,远比内地的同行有着更多承担。

凌晨4点,被大风刮醒,帐篷外大雨如注,杨勇搭的简易厨房被大风恣意地撕扯着,岌岌可危,发出令人发怵的声响。高原雨季的随意性毫无规律可言，本来晴空万里，片刻后，也许暴雨就会降临，不给你任何喘息的空间。就这点装备，我们已经发挥到设计的极致。此时，只有祷告。

雨过天晴，起来打点收拾营帐，抖落风雨，烧稀饭填满肠胃。9点我们又在灿烂的阳光下出发。

出发不多久，探路的头车又陷入河流之中。时间一长，对这种声音习以为常，大家下车熟练又机械地开始施救。中午时分，见路面似有隐约的车辙，疑似为道，深入不久，此路翻浆不止，车轮被吸附难以动弹，只有返回，又在"橡皮草垫"上数次陷车。体力消耗极大，鉴于如此这般艰难，杨勇决定放弃从陆地寻找烟瘴挂峡谷的计划，改向雁石坪。

12点30分，在冰雹的敲打中，我们抵达安多县卓玛乡。见卓玛乡卫生院有人出入，遂进去问路，结果发现一藏族儿童患病，急需治疗费用，大家心情沉重，当即为患儿凑钱捐出千元，杯水车薪，聊表善意。

离开卓玛乡，下午4点15分进入旦曲，这里已是通天河水系，偶有藏野驴闪过。下午6点，拐过一座海拔5000米的山脚，见到青藏铁路的钢轨泛着青色的光芒伸向远方，一列火车正在

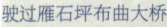
驶过雁石坪布曲大桥

直观感受高原的水汽循环

通过，恍如天上人间。驶过布曲大桥，进入青藏公路的重镇——雁石坪。

高原的阳光强烈地照射在充满水分的高原湿地。热气流裹着水汽猛烈地上升，缕缕的白色水汽从大地直接升腾到云端，云层承接了大量水分后不堪重负，又变化为雨水和冰雹倾泻在湿地、冰川和草场上。如此循环往复，是中华水塔源源不断的生命所在。

作者和杨勇

冰河翻车的生死瞬间

2009年7月9日,科考队从岗尼乡出发,此行有两个目的,一个是寻找一条通往姜古迪如冰川的新路,从多个侧面观察比较冰川的现状。

越过数条河流,涉过水网密布的沼泽,经过四个小时的拼命攀爬,终于爬上各拉丹东东坡一个内流河的分水岭,汽车发出无力的轰鸣再也爬不动,车轮深深地陷到了腐殖土一般松软的冰川冻土里。汽车早已超越了自己的极限,到此是再也爬不动了,剩下的路只有徒步了。此时的高度为5446米。

这次虽然没有抵达姜古迪如冰川,但意外发现了一条比姜古迪如更长的冰川,从地图和导航上对照,这条以前没有被发现(未见资料)的冰川也许比姜古迪如还要长约20多公里,从理论上讲长江又被"拉"长了。因为未作科学细致的比对,还需要进一步的论证,但人类最大的乐趣不就是"发现"吗?

拿着青海地图问路的杨勇

涉过无数"暗藏杀机"的河流

7月12日，对于体力透支的徒步分队，需要好好的睡上一觉，可以尽快地恢复。11时队伍才出发，今天目的很简单：集中优势，全力涉过使人生畏的增松曲，奔赴岗尼乡。

中午12点多，抵达增松曲，不出所料，头车陷车，但很快救援出，随后我的座驾也陷在了离岸边不远的流沙里。这次救援费了不少力，队员无奈又下水，双车拖拽加猴爬杆和木板才拖出来。

涉过增松曲

冰川女神的诱惑

下午2点，车队拐过一个弯，一座晶莹剔透的冰川出现在我们的左前方。闪着诱人的光芒，看上去是那样近，就像是隔壁的葡萄园一样伸手可及。

面对如此诱人的冰川，不做近距离的接触考察将是一个遗憾。杨勇做出一个抉择，三辆车进冰川，我驾车送姚华和国平到那曲，在那里他们将乘火车到拉萨，然后各自飞回湖北和南京（姚华一方面严重高反，必须下撤。二是他负责的企业有一个重要的决定等着他。李赛燚则是要到南京带团进藏）。向导乌卓完成了任务，和我们同车返回岗尼乡。按计划，送走他们后，我独自返回岗尼乡与他们会合再进入新疆。

从分手的地方到岗尼乡大约80多公里。在沼泽和河流中要走50多公里，下到低海拔的地方，姚华感觉状态正在恢复，见我们几个在他高反严重的时候一直在照顾他，执意要替我开一会车，我见他状态恢复较好就没有坚持，李赛燚身高体壮坐在副驾位置，我"苗条"少许，坐到后座与向导乌卓挤在一起。

在沼泽地里，姚华一直开得很平稳，绕开了许多陷车和泥淖，上了土路后，速度加快，这是一条狭窄而松软的路，两侧被来

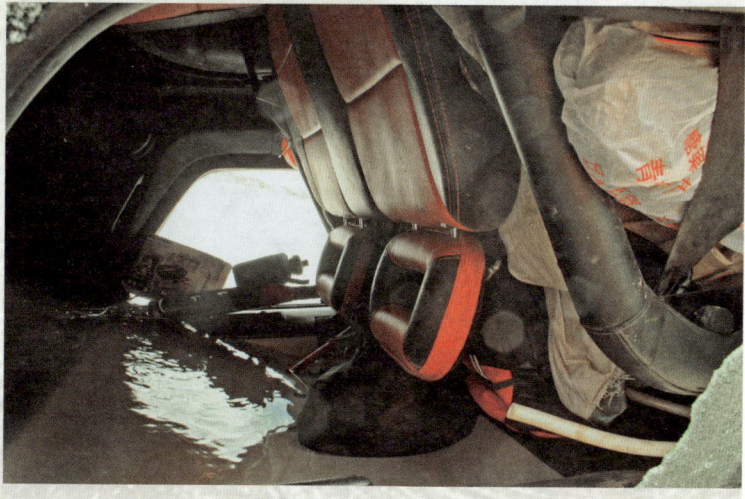

荒漠覆舟

自各拉丹东的内陆水系紧紧包围，路面鱼脊背般地隆起，布满了风化的碎屑，下午 3 点 50 分，我低头看导航的距离，此时显示距离岗尼乡 31.7 公里。

突然听见乌卓惊恐的叫声：慢慢地！慢慢地！猛抬头，此时已晚，也许是体能的严重下降导致人的判断能力下降，车身已经失控，垮塌一侧的路面上，车身已经倾斜着冲向河床，随后右轮猛地撞击到下面的水泥涵管，车身翻了 180 度，重重地

喘口气，再抢出一点"细软浮财"

牧民们在这里看到了千载难逢的一幕

倒扣在水面上，水很快涌了进来，我和乌卓四脚朝天压在一堆，头被车里的背囊压在了水里，此时心里没有恐惧，只是一阵懊恼，怎么会死得这样窝囊！这是在翻滚坠车中唯一的念头。

当我把头从水里钻出来，发现自己还活着，接着就摸自己的后背，我的脊椎骨折后打的钢板是否会颠出来？一摸还好。回首，右侧的窗户已经在水里，左侧的窗户好在没有进水，此时倾覆的汽车在河水的冲击下，时起时浮，不知道下一步会出现什么情况，人的本能告诉自己，马上逃出去！第一句话就是：砸窗户！我和此时的乌卓已经没有任何语言障碍，不约而同地

施救的智慧

在杨勇分队必经之路设定了告知牌

扑向窗户头撞拳砸,猛烈地撞击着玻璃窗。

此时,驾驶员姚华已经爬上岸,坐在副驾驶位置的老李已经被摔出了门外,爬上岸伸脚把窗户踢开,当我把乌卓推出去,自己爬上岸时,才发现自己的右手已经是鲜血淋漓。

上岸后四个人相视而望,都还活着,大家互相安慰说,咱们都活着,多好,车算啥,都活着啊!

人一活着,睁开眼睛就会盯住自己的财富,第一反应就是"捞浮财",那些漂浮在河面上的衣物、物资,接下来就是好一阵子的忙乱,从车里抢救装备衣物。抢出来的粮食细软等都被水泡了,损失最大的是照相器材和电脑,当水淋淋的电脑从水里捞上来的时候,真是让人心痛欲裂。好在身上的防水相机留下了这悲催的现场。

我比划着请乌卓到乡上求援,乌卓很快明白了,翻车的时候,乌卓的腿受了伤。望着乌卓兄弟一瘸一拐远去的背影,心里很是感激。我知道,从这里到乡政府31公里,快走也要走六七个小时。这个偏僻的乡政府还不知道能否找到营救的车辆……

四个难兄难弟和乌卓一家

东西捞上来不久，高原的风也开始刮起来。风是雨的头，风到，雨也就要到了。水浸透的衣服使体温开始下降，此时我们急切地要找个能够取暖的地方。环顾四周，只有远处至少五公里外有一个小白点似的牧民帐篷。

思量再三，觉得应该准备在这里过夜了，远处有一个山崖，可以搭个简易帐篷，材料是捞上来的毛巾被和床单（帐篷装在另外三台车上，装备分开是个严重教训）。还有一个桥下的涵洞——正当我向涵洞走去寻找过夜的地方，忽然听见一阵汽车轰鸣，刚才180度的倒栽葱，还是有点晕头转向，甚至有些怀疑自己的听力，转身看见一辆卡车向我们驶来，车还未停稳，乌卓就跳了下来。乌卓一瘸一拐地带来了一辆东风卡车！

　　没有来得及问乌卓卡车是怎样弄来的，我只是对这卡车能否把倒扣在河里的汽车弄上来表示了疑惑。卡车司机是藏族父子俩，老司机是个腿有残疾的人，他看出我对他的疑惑，对我的问话不屑一顾，一拐一拐地走到河边自顾自地观察起来。

　　事实上我低估了这对父子，在后来的施救中充分展示了他们的智慧。成功地把我认为需要吊车才能救援出来的车，从扶正到拉出水只用了三个小时。

　　不尽如人意的是他把车拉出来后，没有按照我们的要求把车拉到乡政府，而是拉到了他的家里。他的家正好处在翻车现场和乡政府之间。他很滋润地喝了一杯酥油茶，慢悠悠地和我们几个冻得哆哆嗦嗦的人谈起了费用，这个很老道的兄弟就是不谈多少钱，非要你自己开价，我们几个身上的银子早就不多，双方都是在袖子里摸指头，揣摩着对方，最后按照我们双方所能够承受的价格成交后，他才叫儿子把车拖到了乡政府。

　　乌卓没有把我们拖到乡政府招待所，却把我们拖到他的家里。和那个司机不一样，他不是为了报酬，也许是为了我们共同的生死劫。他的妻子叫离吉，很贤惠的藏族女人，烧足了炉火，为我们烤衣服，烤饼。他们的两个女儿个个伶俐聪明，虽然语言不通，但孩子甜美的笑容给你莫大的温暖，使我们这些死里逃生的人体味到难以忘怀的温馨。

　　此后几天我们一直住在乌卓家等待会合突围，在这里烘干了衣服、睡袋，但烘不干那些摄像机、录像带、照相机……

　　住在乌卓家的那个晚上，记忆里永远储存下那个牛粪炉子散发出来暖烘烘的温馨。

分手时我对乌卓说,你是菩萨派来的,是神的使者。

与死神擦肩而过的警示（生存小贴士）

在野外考察和户外运动中,笔者经历过几次与死神擦肩而过的风险,看似偶然,实则必然,事后反省略有心得,赘述如下,供各位读者咀嚼:

美国户外生存专家劳伦斯·冈萨雷斯所著的《深度生存》一书中,给我们一个清醒的启迪。他在书中说道:有时候,想法能够驱使行动,仿佛情感一样难以抗拒。一旦你自认为达到了目标,势必会放松警惕,这也是情感周期的自然现象。

整装待发,异常兴奋,甚至都有些等不及了。人们熟知的肾上腺反应刺激人体即刻行动,不停地向上拉动能量曲线,直至实现目标。捕猎、交配、打斗、逃生等过程都是如此……当大家发现新的冰川时,呈现的状况莫不是如此,对新目标猎取的欲望,激发了肾上腺的强烈反应,感性战胜理性是再自然不过的事,虽然是在海拔5000米以上,氧气不足内地一半的高原,仍然逃不过这个定律。

随之而来的长时间的攀登跋涉,令人难以支撑。到接近那一刻为止,人体内的情感化合物已代谢完毕,甚至开始消耗储存的葡萄糖。他们感觉行动已然结束,不过没有用脑子想,而只是凭感觉。这使他们越发放松了警惕。在休息和恢复体力阶段,能量曲线开始下降,体能和意识一片模糊,危险就开始降临。这就是我们都曾经面临过的境况。

各拉丹东分手后，我们单车返回途中，隐藏的危机已经出现。在风云突变气象万千的各拉丹冬地区，许多无法预见的风险在前方等着你，各种不起眼的大意和失误便显示出灾难的苗头，虽然我们很自信地认为这只是几十公里沼泽而已，返回途中往往是最松懈的，所谓的"经验"对人起着麻痹作用。冈萨雷斯在书中写道：所谓"有经验"，往往指人犯了错误，却能屡次逃开，且成功次数超过常人。

冈萨雷斯尖锐地指出：大自然往往埋设陷阱，能清醒认识这一点很有助益我们遇到的挑战与行家里手遇到的没两样，大自然不会主动去适应你的水平。冈萨雷斯还告诉人们：在其他地方积累的经验会背叛你。

2007冬季，柴达木盆地荒原，那是一个风雪交加的夜晚，我和杨勇各驾一辆车从诺木洪出发，准备从柴达木盆地向玛多的黄河源进发，在摸索前进中风雪掩盖了一切可以参考的路径。当诺木洪雪水河带着呼啸的冰凌横在我们面前时，在燃油开始报警和没有任何退路的情况下，我们决定冒险涉水通过，带着过第一条河的经验，当第二条河横在我们面前的时候，（这显然这是一条逃离的捷径），我们猛然发现，这是条难以逾越的河流，水深莫测，仔细勘查斟酌后，决定放弃已知的经验，选择了沿河谷绕行，即使燃油耗尽，也比沉车河底强。如果我们放纵自己的感性，在急于逃离风雪交加的情绪下贸然再次渡河，后果是严重的。那次我们以否定自己的经验，逃过了一次灭顶之灾。

我把冈萨雷斯书中的生存精髓选出来一点片段，供读者分享：仔细观察，相信自己，付诸行动；大凡远离意外事故者，都能明察秋毫，密切关注周围动态，做到随机应变。当然，这不能保证万无一失，任何事情都不存在绝对把握。但在大多数情形下，仔细观察大有帮助。避免冲动，不要惊慌；熟悉专业知识、及时获取相关信息。时刻牢记：大自然的威力难以估量，往往超出人的想象；同死里逃生者交流假如能将死里逃生者召集起来，一同围坐在篝火边，听他们讲述各自的经历，你或会发现，那正是全世界最棒的生存训练营。

假如做不到，也不妨阅读一下相关的事故报告，保持谦卑心态。海军海豹特战队指挥官曾对生存心理学家艾尔·西伯特说："兰博式的硬汉人物最先消失。"有所擅长不等于样样在行，这种想法要不得。没把握，赶紧撤。

德鲁·利曼是"全美户外精英训练营"主管，负责风险管理课程。利曼告诫说："制定目标和选择时机要切合实际。只要来到户外就该满足，即使顺利登顶，也不过是点缀罢了。"

严格说来，就风险系数而言，理想中的探险运动不应该比日常生活更高，因为承载生命的无形攀绳可能随时绷断，即使一生谨慎，生活单调，最终也可能死于癌症，反倒不如加入探险行列，把风险度降至最低，掌握相关知识，并付诸行动，确信自己做到了所有能做的事。在《安全的限度》一书中，作者斯哥特·萨根写道："所谓过去从未发生过的事，其实随时随地都在发生。"遗憾的是，诚如查尔斯·佩罗所言："死亡很正常，但人只能死一次。"因为死亡恐怕是最后一次学习经历。

生存是一种意识，而意识远比技巧更重要！

第伍章

Chapter 5
DaJiang YuanJi

冲出当曲湿地的沼泽

惊魂高原：轮飞又撞山

沱沱河生态保护站

一位大学生的三江源考察日记

来自青藏高原的呼唤

大江之源：永远的记忆

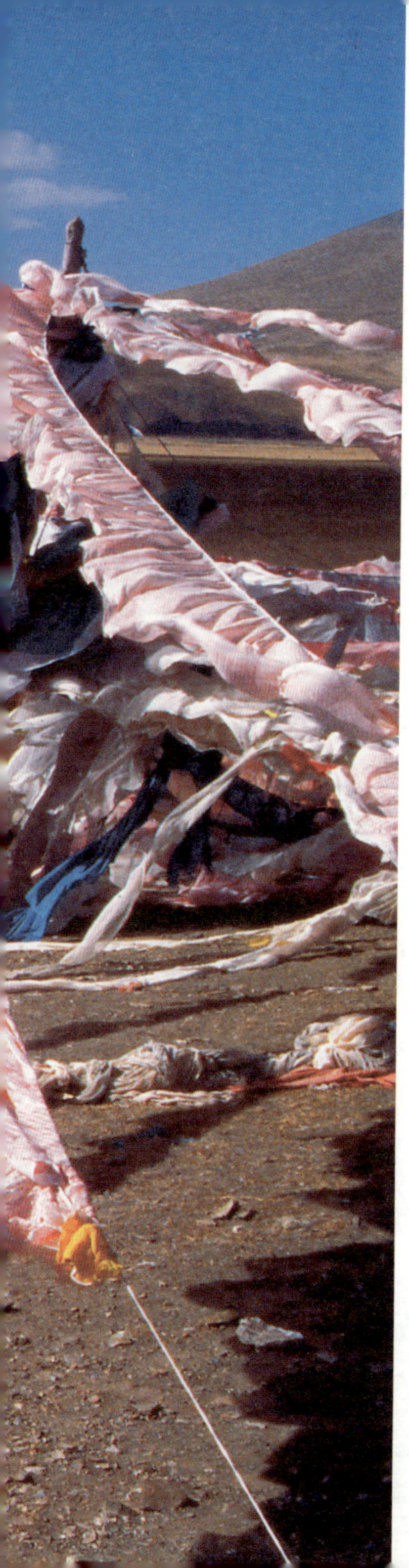

●●● 人的一生就像跨栏，每一次跳跃都是在战胜自我。当你回首走过的足迹，所有的失败、沮丧都会随风飘散。当一个人站在自己年龄的横杆前，不敢再抬腿的时候，那他就真的老啦！对于余下的生命，我想说的是：一个行者的结束不应该是在床上，而是在路上！

冲出当曲湿地的沼泽

2012年是个多雨的年份,很多人都在揣测,我们居住的这个星球到底怎么了?是否是冰川融化,气候逆转,是否是又一个冰期的降临,是否是玛雅人关于2012年预言的前奏……在这个背景下,在中国治理荒漠化基金会专业委员会副主任与横断山研究会会长杨勇的带队下,一辆陆风X8,一辆东风皮卡,一辆美国福特6缸皮卡(俗称"猛禽",后由于其体重庞大,沼泽地陷车不断,加之油耗惊人,在后期退出考察)组成的考察队就这样启程了。考察主题仍然是:见证地球第三极气候变化,这也是青藏高原冰川河流考察计划的一部分。

冰川是中国西部江河径流的重要来源,也是中

进入当曲湿地

走进雨季中的沼泽

华民族的固体水塔。研究气候变化对冰川的影响具有非常重要的意义。气候变化的最显著标志是冰川融化,河流是地球的血液,湿地是地球之肾,都是人类的生命线。在这个特殊的年份它的状态如何,不到现场很难想象。

前文已经说过,长江源区由正源沱沱河,南源当曲,北源楚玛尔河组成,称为长江三源。沱沱河一直被地理学界视为长江正源。鉴于当曲的水量和河床宽度(沱沱河的水量只有当曲的四分之一左右),在交汇时尤显壮阔,曾被一些国内外学者认为应取代沱沱河成为长江正源。

据有关资料,当曲是中国最大、最厚的泥炭沼泽地,泥炭资源丰富。自然环境保存完整,非常独特,鲜为人知。与索加湿地成为长江源区也是世界著名的两大湿地,我在前文当曲漂流一文中已经叙述。

考察队去当曲及其他的源头,并不是为了求证河源的长短,那是另外一个学科的事,这里的气候与恶劣的

冬季的雅砻江

地理环境，实在不是常人愿意涉足的。考察队的目标是它们的生态环境演变，长江源区夏季和冬季的水源变化，比如在冬季冰封时期，连电站都停止工作，到底有多少水可以调用。

考察队做的独立研究项目，给政府提供一份客观的南水北调西线资料，希望以民间的科学力量影响政府的决策，也是生态地质环境考察的目标。杨勇说：通过对南水北调西线工程水源地、工程规划区和受水区以西北水系连续5年的独立考察研究，我们认为"西线调水"有7大制约性关键问题和2个替代方案。我们通过报告和文章受到国务院和有关专家院士的重视，在各方面的呼呼声中，"西线调水"工程终于暂停，并重新论证和方案比选。

2006年我随考察队用漂流的方式，顶着高原的赤热，全程漂流300余公里，完成了对水源沿线的考察，但未能登陆对河岸两侧的沼泽状况进行调查，一直惦记着，也算是个念想。这次考察队决定进入湿地腹地，完成一次抵近侦察。

这次队伍里新增加一名成员——20世纪80年代和杨勇一起参加长江漂流的队员许祥瑞先生。他这次来要随队重返金沙江祭奠20多年前遇难的长漂勇士。

这次仍然是以驾驶汽车的方式深入湿地。川藏雨季非常厉害，走过川藏线的人都知道它的无情，而雨季中的湿地则是没人敢去涉猎，平均海拔在5000米左右，氧气含量只有内地一半的湿地，其美丽的外表隐藏着无处不在的杀机。考察中我们在这片沼泽地中陷车无数，最多一次竟然陷车7天不得动弹，真是苦不堪言。

其实与后面发生的事情相比，陷车已经算不了什么，随后发生的一次汽车轮子飞走的遭遇真是让人不寒而栗。

陷车无数

惊魂高原：轮飞又撞山

2012年7月24日，在当曲那片美丽得令人窒息的沼泽地里苦苦挣扎了10余天的我们，一身疲惫地终于爬上了干路，在山顶的嘛呢堆前，我们匍匐在地虔诚地膜拜，为逃离沼泽而庆幸。

高原碧空如洗，白云朵朵，令人精神一振。车队终于行驶在一片干爽的土地上，当阳光照射在车身的时候，心情开始从沼泽的阴霾中变得灿烂。对讲机里传来头车队员邓天成的歌声"清新的空气，令人精神爽朗"……

对于在沼泽地里挣扎了10多天的人来说，行驶在眼下这条土路上，心情就像行走在天路一般。我转动着方向盘，给坐在副驾位置的大志讲着一个久远的故事，车内气氛一片祥和。

拐过一个小弯，随即是一个右上坡和洼地，一个不起眼的小坑横在眼前，用不着迟疑，车身微微一震就过去了，开出百十米后开始爬坡，正要加速，突然车身一个趔趄，大志喊道：徐爷，不对劲！此时我从倒车镜里瞥见，汽车的左后轮已经蹦蹦跳跳飞离车身向山下奔去。

走出沼泽地的队伍

就这样，唱着歌，讲着故事——轮子掉啦！

这辆中原某厂出产的皮卡，从金沙江峡谷出来时问题就开始出现，首先是在拖拽那辆美国"猛禽"皮卡的时候，车身与驾驶室差点拉分离，而且车头与车身的间隙每天都有扩大的趋势，停车后第一件事便是观察车身，是否会向火箭与卫星一样的分离，已成为大志下车后的条件反射。

但没有想到的是，车身还在，轮子先没了。好在是在上坡，如果是下坡，如果速度再快点，考察队的历史也许就要添上悲剧的一章……

此时的处境，离最近的公路也有500公里之遥，手机没有任何信号，即使是有，又有谁可以来救援你呢？

杨勇赶过来，我们开始观察汽车状态：轮毂联同轮子一同私奔，刹车片着地，刹车油流了一地，轮毂上五颗螺丝飞走了，永远地留在了高原，剩下的一颗螺丝丝扣全无，呈弯曲状留在自己的岗位，尽着它最后的职责……

高原炽热的阳光下，我们围着三个轮子的汽车爬上爬下，面对这辆拖着全队给养的皮卡，我几乎都生出了放弃的念头，良思许久，杨勇在太阳下山前做出了一个大胆的决定：拆掉刹车，在其他三个轮子上各卸几颗螺丝代替飞走的五颗螺丝。卸掉刹车片意味着手刹彻底没用，余下的刹车油很快将流失，最后什么刹车都没有……未知的前方还有着许多不可测的危险，山路与沼泽都

每次遇到的都是教科书般的自救

无刹车的皮卡撞山

张着大嘴在前面等着。

  按照杨勇拆东墙补西墙的主意,没有刹车的重载皮卡蹒跚起步。危险面前,杨勇抢过皮卡方向盘,靠着熟练的驾驶技术,别着档位,缓慢地行走在荒漠中,每当他爬坡的时候,紧随其后的我会立即紧跟在他的车后,防止他一旦溜车,我会强行顶住他的车尾……一路行来,一路惊心。

  这样走走停停行走了几个小时,似乎还算平稳,正当我松了一口气的时候,危险降临,翻过一个经幡飘扬的山口,下坡既长又陡,皮卡速度越来越快,别挡刹车无济于事,右侧是陡峭的山崖,随着前方一股黄土轰然腾起,皮卡悲壮地撞向山的左侧。

  目睹眼前的一幕,看者汗毛直竖,当我跳下车奔向皮卡,看到他们鱼贯走出汽车安然无恙时，才想起后怕的一幕，如果不撞山后果不堪设想。不由得一屁股坐在地上，良久不得起身。望着山顶飘扬的经幡，不断念着阿弥陀佛、阿弥陀佛……

考察队在高原跋涉这些年，遭遇过许多匪夷所思的事情，这其中汽车出的故事足可以写上一大篇，如在黄河源区、阿尔金山断钢板，柴达木盆地陷雪沟，各拉丹东冰河坠车，一直到沉车藏北……但雪上加霜的"悲剧"故事远没有结束。

高原地广人稀，加油站极为稀少，见到加油站一定要补充燃油。那是一个寒冷的下午，我们的油箱很快要见底了。雨刮器费力地刷着车窗的雨水和冰雹，行走到黄河源区的一个小镇，终于见到了一个藏民开设的加油站，寒风冷雨中，就像饥饿的藏獒见到了骨头一般，杨勇驾驶那辆摇摇欲坠的皮卡径直开了过去，停车打开油箱盖，遂转身找人问路。

我驱车随后赶到，停在他的车后，听到加油机欢快的声音

高原陷车大全

一阵愉悦,当我抬头一看,顿时傻眼,轰轰响的加油机里正在往柴油箱里灌着汽油,我一把按住藏民兄弟的手,加油员一脸茫然,好容易让他明白了,再看加油表上已经加了20多公升。语言不通,说也白说,20公升汽油钱还得照付,真是哑巴吃黄连啊。

下面的结果可想而知,只能把加错的汽油倒出来,不说凄风苦雨的悲怆,就说这个皮卡,油箱设计竟然没有放油螺丝,只得拆卸油箱。拆油箱,这是个谁都没有干过的活计。一切都是摸索,此时滴水成冰,手碰到金属,冻得生疼。躺在雨水里拆卸,每个人都难以坚持太久,几个人轮番钻下爬上折腾着。可恨的是,四个螺丝卸下来,竟有两个滑丝装不上,

从粗糙的螺丝断面上我看到的是中国汽车工业的悲哀,都是低成本原材料惹的祸。最后实在装不上,就用铁丝捆着。到了玛多县,也没有找到这种车的配件,唯一的修理是堵住一个刹车油管出口,再把刹车油加满,使得三个轮子有了部分刹车,就这样,抱着走到哪里算哪里的心态,我们又踏上了征程。

我的天!此时只有目瞪口呆

陷车当曲湿地

事后我对杨勇说，你可以写一本书，叫《一个地质学家如何修炼成汽车自救专家》。

多年的高原考察，艰难的路程，层出不穷的事故，逼使我们不断地超越自己，有时干的事就如同揪着自己头发离开地球一般，但我们总会绝处逢生，按杨勇说的，一半是经验，一半是运气，再有就是天意，这个天意也许就是告诉你，留你一条命，就是要你继续为这个社会多做点事。所以，故事还在继续。

严寒下终于从油箱里倒出了20升汽油

沱沱河生态保护站

在转向黄河源区之前，我们抵达了青藏线上的重镇——沱沱河镇。这个不大的镇子既不整洁也不繁华。但由于有万里长江第一镇的名气，使得它蜚声海内外。我们到此一来休整疲惫的队伍，二来收拾一下伤痕累累的汽车。杨勇请他的朋友杨欣从格尔木带来的汽车配件也应该在这个时候抵达。

沱沱河——这个由公路的发展加上兵站的驻扎

沱沱河镇仍然是驴友的圣殿和司机的打尖站

而带动商业兴起的小镇，如今已经成为青藏线上一个重要的补给站。镇上开百货店、蔬菜店、餐馆、修车铺的多是内地人，他们克服高原缺氧的痛苦，操着五湖四海的口音，为了一个共同的赚钱目标走到一起来了。

2007年大年初三，我们驾驶汽车沿着结冰的通天河溯上抵达，从沱沱河大桥爬上公路，引得哨兵一阵紧张，结果这个前无古人的"冰上越野"感动了兵站惊讶不已的站长，请我们吃了大餐，又免费招待我们住进了有暖气的兵站，那个晚上留下的幸福感至今难忘。

杨勇在沱沱河的朋友叫杨欣，从名字上看似乎是兄弟。这个和杨勇一起在1986年参加过后来被认为是一次"伟大的爱国主义"的长江漂流。随后不约而同地变成了长江的忠实"粉丝"，以后半生的精力以不同的方式开始了对长江的保护工作。

与杨勇地质环境工作者身份不同的是，财务出身的杨欣更侧重于长袖善舞的策划。他在青藏公路上创建索南达杰保护站早已名声显赫（现已被政府接手），对可可西里藏羚羊的保护起到了极大的促进作

"一手交钱一手交货",杨欣从格尔木给杨勇带回来了急需的配件

用,功不可没。

现在他在沱沱河化缘集资,正在建设施工的沱沱河生态保护站,体现出他的一贯风格。一笔笔募集来的资金使这座尚未完工的保护站,已经成为沱沱河镇上醒目的标志性建筑,杨欣利用自己的人脉和一流的策划能力,使这座朱红色的平房里有来自上海的防寒材料、天津的隔热玻璃……这里似乎成了一系列高科技产品的试验场。

杨欣告诉我们,每年有大量的斑头雁在这里过冬,牧民都有捡拾斑头雁蛋食用的习惯,保护站目前主要的工作之一是对牧民进行环保教育,劝说他们逐步改变目前的生活习惯。另外还劝说牧民对垃圾进行处理,在茫茫高原长期自由自在的游牧生活,使得牧民对垃圾处理没有任何概念,喝完的酒瓶子随手一扔完事,也没有上厕所的概念,大便随地一蹲就解决,一切随遇而安。

初具规模的沱沱河生态保护站

2009年在阿尔金山，摄像师周宇在浩瀚的无人区居然踩在一个碎酒瓶上，脚板差点被扎穿，那个概率相当于被陨石砸中脑壳。

杨欣的方法很聪明，他让牧民把垃圾带到保护站，回赠小礼品，然后再打包，请路过的司机带到格尔木，也有小礼品相赠。如此下来良性循环，双方皆大欢喜。这个经验告诉人们，环保其实有着更多的艺术成分在里面。

谈到将来，杨欣说，他现在正在募集资金，准备在长江源头的各拉丹东和长江入海口的上海崇明岛各立一个大型的电子显示屏，长江源头的屏幕显示长江水汇入大海的镜头；崇明岛上的电子显示屏上是冰川的涓涓细水缓缓流出的镜头……想象一下就非常美妙，期待杨欣的梦想成真。

作者2006年漂流当曲拍摄的斑头雁

母与子

  他指着保护站后面的一块地方说：那是将来为内地学校准备的，让孩子们了解长江，在那里他们可以放置带有自己校名的石头，寄托一份情感，一个高原的行为艺术，其目的还是让更多的人热爱和保护好自己的大河与文化……他的想法很多，根据他以往的经验，应该可以实现。

  这个保护站的志愿者多是冲着杨欣的名气和高原的诱惑来的，这里不乏很多知识分子和有一技之长的人，还有一个出家当过几天和尚的人，这里似乎集聚着中国各行各业里的理想主义者。

  大志（王众志）在他的文章中写道："这是一种全新的生活方式，在最恶劣的高原上给躁动的内心添一把干柴，让青春像一堆篝火在空旷中尽情地燃烧。在能看到大江之源的沱沱河大桥上，遥望高原，寄托青春的人们，聚集在沱沱河镇，搬运垃圾、收集废品。他们睡在冰冷的水泥地上，吃着极其简陋的食物，历练着青春和还算青涩的意志。1130米的长江第一桥——沱沱河大桥，见证了这眼前的一切，刚刚流出可可西里的江源之水也见证着这一切。"

考察队为正在施工的保护站也尽点力

为了给保护站做点贡献，我们到了工地，一条正在掘进的电缆沟正在施工。我们轮番上阵，挥镐使锹，十分卖力。在海拔近5000米缺氧的地方干这种活，挥动几下就上气不接下气，肺部感到严重透支，真要对这些志愿者点个大赞！

保护站的伙食应该是清贫的，一来经费有限，二是油盐酱醋柴都要从格尔木拉来，一切都很珍贵，看他们的厨房就知道近期伙食多么简单。

大志问其中一位志愿者：

"你们每天都吃什么！"
他比出了4个手指，
"一天4块钱标准，你说能吃什么？炖白菜拌米饭！"
"那你们觉得苦吗？"
"不苦！"
"为什么？"
"觉得新鲜。"
"有其他的原因吗？"
"……"他一脸茫然

记者出身的大志有着良好的职业习惯

第二天许祥瑞和张鹤自掏腰包把镇子里能买的肉都买了，把能找的各式青菜都采购一空，加上候先生他那台身躯庞大的福特车里剩下的一些食材。来自重庆的队员张鹤操刀，这个当过特种兵的小伙子做得一手好川菜，忙乎了一上午，端出了一大锅香辣的重庆火锅。保护站上空顿时弥漫着只有在成都才能闻到火锅奇香，整锅菜在不到 20 分钟的时间里被吃得连菜汤都没剩下。

"川菜大厨"张鹤

这是参加过长江漂流的老探险家许祥瑞先生去世前的最后一次善举，遗憾和令人痛惜的是，这次考察结束后不久，许祥瑞先生因罹患癌症远行了。

我们队员都很自觉地排到最后才吃，那顿饭真的太香太美，令我回味至今。饭后没有谁发起，也没

许祥瑞先生在沱沱河与考察队提前分手，可谁能想到这一次竟是永别

指尖轻拨小曲低徊

有人号召，大志抄起一把吉他弹起了一首曲子，名字没有记得，调子有点忧伤，小曲低徊，众人无语。一缕淡淡的忧伤笼罩在这个高原的小屋，望着一屋子黑黝黝的脸庞、四壁漏风的房子，那场面真是有点令人动容。

屋外，一群奇石爱好者得知杨勇是搞地质的，纷纷拿出自己在江源捡到的石头请他鉴定。

杨勇一本正经地端详评鉴，从年代到地质成因到矿物成分……在一派崇拜的目光里，加上不修边幅的满脸胡须，还真透着点仙风道骨。

一位大学生的三江源考察日记

2012年的考察中，加入了一个年轻的队员——邓天成（毕业于香港中文大学电子工程专业，纽约哥伦比亚大学环境科学及政策专业毕业，后在纽约从事大数据和能源方面战略咨询工作，现在某基金会任职）。一次也没有到过三江源的学生，居然对三江源地区的水系和地质地貌熟悉的程度如数家珍。

年轻的大学生队员邓天成

他以自己独特的河流视角和青春鲜活的文字记录了2013年的那次考察。经得他的同意，摘录几篇在此，以飨读者。

2012年7月10日　青海省玉树县巴塘乡

今天走的地方，在江达县北部一些澜沧江的支流末梢，辫状水系非常发育，河心洲上有大量灌木群落。这是和很多地方如支流下游和干流上的沙洲明显不同之处。

横断山区西北部冰缘地貌较不明显。斑涂状的有沙化迹象的裸露的草场，还有石渠等地的黑土滩，都是草原鼠害的反映（石渠最重鼠灾地区每平方公里密度是一百万只以上）。草原上的食草小动物有鼠兔、草鼠和旱獭。但是灭鼠真的对生态环境就有利吗？

草原鼠害的天敌有狼、鹰和猞猁等，但它们受到的威胁是过度打猎、食用毒鼠后中毒等。

澜沧江流域开矿活动近年逐渐频繁。玉龙铜矿在妥坝乡，主要进行洗选，然后送到内地冶炼。小苏莽铁矿在达拉山口以南广泛开采。

下午开车经过结古镇来到通天河干流，27公里所走河段至少数到了17处淘沙淘金点。采砂活动无序开展导致了生态环境的破坏、加剧了河岸边坡的不稳定、也让原有的峡谷景观饱受创伤。

本次经过的新都桥、高尔寺山周边以本地山区的石材、鲜水河流域主要以木材，四川稻城和西藏左贡等以本地的土为建筑材料。这些都体现了藏族文化中因地制宜、本地取材建设房屋的特点。但是玉树在震后重建时，建筑却都是水泥钢筋等。杨勇曾建议利用巴塘河上源的优质岩石拿来作为板材和骨料，同时在通天河考察采砂状况时，杨勇复又提到采砂应进行设计、按层次有步骤开采，并且从生态上恢复采后的场地。

通天河的峡湾即使在全中国也是比较少见的，九曲八拐的深切峡谷，具有很高的景观价值。可惜今天考察采砂只走到了仲达乡，因为即将天黑和油量不够，没有继续往上游安冲乡走。

通天河的阶地是连续的，并且从其剖面能还原了解到青藏高原地质年代中隆起、停滞稳定、再隆起抬升的状况。就像黄土一样，深入研究阶地剖面，对该地区的生态、气候环境变迁也能有较深入的认识。阶地剖面上部是长期沉积的河砂，下层是卵石、具有较好的磨圆度和一定的竖直方向的分选性（细沙在上、粗石在下）。

开完会后，大家就地开始在玉树电视台记者达哇家在草滩上的帐篷做客，热烈地吃烤肉串。我捧着《长江流域地图集》坐到一旁的大圆桌上。觥筹交错、歌舞升平之时，风声异起，五秒钟内已经把帐篷吹得吱吱发抖，徐爷抓住了帐篷的支柱、奈何风实在太大，把布幔整个掀起，还差点落在烧烤架上燎着了火。只见外边雷光电闪，众人赶紧各搬家什，撤回帐篷。

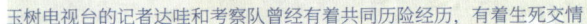
玉树电视台的记者达哇和考察队曾经有着共同历险经历，有着生死交情

在达哇家

邓天成在曲麻莱老县城废墟

2012年7月11日　青海省玉树州杂多县昂赛乡

上午在玉树巴塘整备,简单写就了河流网二期项目的策划书。午后出发,往杂多方向走,没想到好远哇!在杂多、囊谦路口等到山水自然保护中心的孙姗他们。

和孙姗交换了座位,和同行的麦会美国人摆了一通之后,旁边聪慧的藏族女孩儿卓玛给我介绍了玉树州六县名字的来历,安多、康巴和卫藏地区的分别,顶礼朝圣拉萨或者转山的故事,玉树州府结古镇人们的生存状态,他自己家爸妈在地震当天的经历,还有垃圾和粪尿对巴塘河的污染等。她手上有一个计步器似的电子装置,原来是代替佛珠,每念一遍经就按一下,按到十万下就自动清零再重新开始。在离开巴塘度假村前,还和达哇聊了挺多,很喜欢吃这里的大馅羊肉包子。另外还有俩年轻人,和李师聊得挺欢。他俩一个在天津、一个在北京读书。

晚上来到海拔4500米左右的宿营地,接着给老外摆澜沧江流域的情况。现在十一点一刻了,蛮困倦的,徐爷的皮卡还没有过来,好折磨他们啊……

2012年7月12日　青海省玉树州杂多县扎青乡阿依能沟口

住在杂多县扎青乡阿依能沟口附近，有些凉啦。明天能翻越山口到治多吗？回望神山雪山，夜幕中一片纯白，大美无言。

水源地重要性：草场、植被、土壤、冰川和山体等与水源和水源涵养相关的要素，生物多样性。

矿产资源的评估在先，然后要交资源价款。本地政府可以以一定份额入股或得到一次性补偿。这些经济活动都要根据国家要求纳税。但对于矿产地所在的土地、对百姓的补偿标准不确定，导致矛盾比较多。像澜沧江源地区，百姓的商业观念相对比较淡，他们主要觉得开矿让他们的宗教情感受到了伤害。玉树地震之后，因为老百姓意见很大，很多州内开矿活动都停止了。

今天经过杂多县，发现这个没有因玉树而受灾的县份，也搞了大规模的重建。扎曲此段是红色砂页岩基岩，直接在基岩

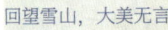
回望雪山，大美无言

上切割成河。翻越山口到扎青乡的路上，两边石灰岩密布。有大量因水蚀、风蚀和冻蚀形成的崩塌。

不想写了，看会儿星星睡觉。

杂多扎曲此段是红色砂页岩基岩地貌

2012年7月13日　青海省玉树州杂多县阿多乡

大雨中安稳坐在车里写就今天的日记。周围雷鸣电闪，我们刚刚搭好帐篷就来了瓢泼大雨。三个帐篷互联，这边是三台车子，旁边是安稳憨厚的蓝色炊事帐篷。

夜里听到动物嚼骨头的声音，早上起来，大狗——藏獒趴在我们营地不远的地方，安详睡着。我们过去，它就摇摇尾巴站起来向我们致意。为我们守护营地，成为它自领的使命。忠诚而敦厚，要求不高，正是犬类的品质。我默默地想，狗是一种多么高尚的动物，而人呢？

吃些亏就算了，做一个有骨气的做实事儿的顶天立地的人，是我的愿望。天成加油！

早上一起去了阿依能铜矿，这曾是一个探矿区，06、07年以后就废止探采了。和孙姗、老外与杨勇老师聊到该怎样改善流域的"综合质量"。有以下几点所得：

1. 公民社会和体制内携手前行；
2. 在草原管理与保护，各种生态系统服务与供应价值评估

依依不舍的藏狗

上,要学习外国,我们落后不少,有空应找来课本学习;

3. 应对草场状况和河流开发进行情景分析,这样可以了解到其要素的变化对全局的影响。

听雅尼的音乐,又在心里回想十年五年前的今天这样的问题,十一年前的今天,北京申办奥运会成功;七年前的今天,准备去夏威夷了;五年前的今天,拿到了赴美留学的签证,老爸带我去吃炸酱面;四年前的今天,在张家界玩儿,和朱岩等在猛洞河漂流;三年前的今天,加入 uwp 还没几天,忐忑地尝试各种角色在丹佛;两年前的今天,在安庆大外公家;一年前的今天,在摩根斯坦利实习,写邮件给人力资源的同事周末不能去"彩蛋活动"了,憧憬去郑州。雨过天晴,在笃定努力、为了自己的梦想。

2012年7月26日　青海省果洛州玛多县玛查理镇

早起出发，第一块路牌不知道是被风吹拧了还是咋样，反正沿其指示"曲麻莱县"方向倒是走到了麻多乡，不知道沿着"麻多乡"的箭头又会走到哪里。

约古宗列曲上的"天下黄河第一桥"，大家纷纷合影留念。两岸草场网围栏的柱子上隔着一段距离就站着只鹰，像三里屯使馆区隔百米就有一个那样的岗哨关注着周边的动静。除非你走到距他只有两米，否则他都不会理你。

在一个山口，远远望见了一泓碧水的扎陵湖，爬到山头上，高歌一曲。开车下山，走近湖边，湖里是有鱼的，因为一个充斥鸟蛋的岛上周边有鸬鹚的影迹。去湖边测量湖水的物理特性，惊起大团大团大个儿的蚊子，甚至不慎会飞到你的嘴里。场面十足怕人，比在闹蝗灾的草原上徒步还要怕人。但是貌似不咬人，也许都是公蚊子？无论如何，景色秀美的湖面，想要触摸两下水，要先壮胆且三思。

鄂陵湖出水口在东北侧，玛曲也即黄河东流不久，在宽谷段建立了装机2500千瓦的黄河源水电站，大约是为玛多县扎陵湖乡提供用电。出了一处保护区设卡，我们驶上了沥青公路，不久即到玛多县城。

鄂陵湖

来自青藏高原的呼唤

2014年6月,当年的"八青年"以"60后"的身份再进各拉丹东,而我正好满60虚岁。那次队伍空前壮大,除了考察队的老骨干外,以爵士冰(王兵)为首的一支年轻登山队共同出征,他们此行的目标是攀登各拉丹东主峰。

但那次的天气变幻莫测,也许是上苍要护佑神山,考察队在暴风雪中滞留数日最终放弃登顶。高原反应是自己从来没有遇到过的,冰川四周白雪皑皑,氧气是靠着风力送达。有那么几天,天气十分晴好,没有一丝风,氧气过不来,人人的头肿得像个笆斗,晚上睡觉帐篷里一片呻吟。这种缺氧状态下的煎熬,会让人的生命之火慢慢熄灭,远比那种猝然离开这个世界痛苦万分。

我身边的猴哥(来自北京"越野e族"的志愿者)想脱下一只衣袖,挣扎若干时间竟然没有脱下来,这些年跑高原,从

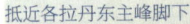
抵近各拉丹东主峰脚下

各拉丹东冰塔林

来没有这样严重高反,那几天我头疼欲裂,不食茶饭,靠着一口热水维持最低的生命需求,出帐小解,两手哆嗦竟然系不上鞋带,面对一条不过二尺宽的小沟,竟腿如灌铅,迈不过去。

那天晚上,我和猴哥有一段对话,如实转录如下:

猴哥:(喘着粗气,一字一字地吐出来一段话)狼哥,看这个样子能回去不……我出来没有告诉老婆到高原……

我:(一样的大喘气)那还有谁知道?

猴哥:(大喘气)告诉了小儿子。

我:(大喘气)我也感到不行了……但我从参加考察那天起就有心理准备……如果死在这,实在是个好事,现在海拔5000多米的冰川,离天堂最

来自北京的队员蓝调照顾着动弹不得的作者和猴哥

近,如果死了,外面的秃鹫就把咱们解决了,不给后代添麻烦……

　　天可怜见,我们最后都没有死,回程途中,我和猴哥开着他那辆千疮百孔的"切诺基",一路故障迭出,险象环生,居然走了一趟墨脱,那是后话。

　　经过队员王众志首肯,转来他的一篇我们共同经历中最细腻生动的文字,以壮本文行色。

可爱的藏族小女孩

江源之水见证：一群人在面对从容燃烧的青春

人们探索的目的，在于追寻遥远的故事与真相，自公元1641年徐霞客溯金沙江西进川滇寻找长江源头开始，至1977年"长江办"江源考察队最终盖棺定论为止，三百多年来长江源头从感性上的文化源头——今玉树藏族自治州直门达江源碑，向高原腹地的楚玛尔、当曲和各拉丹东冰峰不断发现、不断延伸，如今我亲自站上了各拉丹东的冰川。而真正到过长江源头各拉丹东冰川姜古迪如、冈加曲巴的人屈指可数。迄今为止，除了主峰各拉丹东峰之外，围绕着各拉丹东主峰周围26座海拔6000米以上的卫峰，基本都是未登峰。对于任何一个登山爱好者来说，这里都称得上是登山探险的天堂。

究其原因，地理屏障成了保护江源纯洁无瑕的主要因素。各拉丹东江源区外有可可西里，内有沼泽密布。进出各拉丹东

各拉丹东主峰脚下的大志

左起大志、蓝调、王兵、作者在各拉丹东

冰川，只有雁石坪镇外八公里一条勉强称得上路的细碎车辙可循，一场风雪就踪迹全无。一路上要翻过三个冻土带，跨过两条20米宽的大河，一条旦曲，一条布曲，再跨过两个远古的湖盆区，最后是15公里的冰川碎石带。虽然距离青藏线直线距离只有80公里，但即便是功能强劲的丰田酷路泽也很难逾越这些天然的地理屏障，这也使得长江正源的冰川群充满了神秘。

用了三天的时间才穿过沼泽和湖盆，三台车中车况最差的切诺基终于报废了，整车的大梁在过冰川碎石带的时候被撞断，只得又抽出车况最好的酷路泽，带上因高反产生幻觉的队员鹰姐拖拽着坏车返回雁石坪。

此时的高度已经达到5500米，白天众人勉强还可以忍耐，到了晚上，整个宿营地一片痛苦的呻吟声，彻夜不绝，比狼嚎还难听。

我曾以为，冰川之上温度必然低于零度，不然冰何以成冰。其实真正冰川之上，正午温度在28℃以上，冰面上的温度也超

各拉丹东冰舌

过零上 10 度，冰川亦在。

我曾以为，冰川之上贫瘠残破，但走过侧基隆，冰川犁过的地面，无数矿藏被暴露在光天化日之下，水流一冲，在阳光下金光闪闪。各拉丹东冰川之下蕴藏着丰富的金铜锌矿。在这个河床上仔细寻觅，玉、玛瑙和水晶随手可得。

零下 20 多度"喝"冰冻可乐

站在冰川之上时，我看到的第一眼是那些金光闪闪的石头，它们被冰川从 15 公里外的山体中挤压出来，散落在冰川曾经存在的每一个角落。在我的身后，是无数的生命依托着这条长河努力地生活。

我心中的长江源依然"河源唯远"，

许祥瑞在金沙江叶巴滩祭奠长漂勇士、他曾经的伙伴　　2012年许祥瑞先生留在高原最后的影像

依然在不断生长，它正用自己不断延伸的长度，承载着生命的源源动力……

2013年，遵照许祥瑞先生遗愿，杨勇带队再次进入各拉丹东的时候，与许先生同在重庆的队员张鹤带上了许祥瑞先生的随身衣物，深埋在各拉丹东冰川脚下，一个热爱长江的人终于魂归高原。他的壮举和善举仍然在天国温暖着活着的人们。

2013年张鹤与杨勇在各拉丹东为许祥瑞先生立衣冠冢

大江之源：永远的记忆

我带上我的梦想
走进离太阳最近的地方
仰望珠穆朗玛冰峰
呼唤在布达拉回荡
……

这首是2002年我骑摩托车进藏后写下的一首歌词，代表了那个时代对青藏高原的仰望和企盼。常听朋友讲，明年要去西藏如何如何，口气里多带有

青藏线上的驴友

朝圣和探险的感觉,似乎这辈子不去趟西藏算是白活了。人们去西藏理由还有很多很多:充满商业竞争的大都市、越来越组织化的生产秩序、生活高速的发展、狭小的家庭空间,夫妻之间熟悉到麻木的面孔,找回正在埋葬的个人主义梦幻和想象……

追其原因,也许是大都市钢筋水泥的丛林扼杀了人们的想象空间,个人主义的成长所提供的精神"氧气",似乎越来越稀薄了,氧气稀薄的青藏高原,反倒成了人们心目中的天然氧吧。人们蜂拥奔向高原更像是一次集体吸氧运动,一夜间我们似乎成了一个集体缺氧的民族。

那么,人们狂热要去的西藏到底是什么样的地方,有哪些东西值得我们去丈量去咀嚼呢?

在许多人眼里,那是一个远离现代文明秩序、一个充满信仰的世界。香格里拉的梦幻笼罩在前行的路上,独特的风光,未知的风险,还有期待中的邂逅和浪漫,为个人的猎奇欲望提

藏式建筑

最虔诚的心声

供着一切可能，压抑的梦幻在那里可以尽情地宣泄和释放。

我去过青藏高原许多地方，有名的和没有名的，驾车，徒步，住过黑牛毛帐篷，与藏族兄弟用一个碗喝过漂着牛粪渣滓的奶茶，甚至和寺院里的僧人足抵足地睡过一个被子……我一直试图勾勒一个自己眼中的西藏，但充其量也只能是一个粗线条的轮廓。藏族到底是一个什么样的民族呢？

岩石般的宗教信仰是一个生活在恶劣环境中民族的精神支柱，能提供生生不息的生命力量。他们相信因果报应，相信来世和轮回，对自然充满了敬畏、感激和崇敬。

他们从不做挑战自然的事，他们

当曲湿地牧场

  的笑容展现出自己灵魂的进化，一种纯净和自然。宗教信仰给了做人的底线，在这个底线上他们铸造着自己的精神家园。

  藏民族认为山是神山，湖是神湖，一草一木皆有生命，他们用最简单的方式维持着自己的生活。喝着牦牛奶、吃着牦牛肉、用牦牛的毛编制帐篷和服装，用牦牛粪做燃料，用泥土和石块盖房子，用自己的信仰与生存之道维系了高原生态的和谐与平衡。

三江源牧民

源于可可西里的楚玛尔河

  藏族历史悠久、风格独特的唐卡艺术、恢宏的寺院建筑和精美的雕塑，都是辉煌又可见的实体，一个文化历史上没有被割裂的民族，传承着自己先祖的智慧遗产，给我们留下了美学欣赏的视觉范本。

  蓝天白云，绚丽的服装，无垠的草原上驰骋的骏马，奔放的舞蹈，这一切都成就了一个生下来就会唱歌跳舞的民族。

  荒野的冷峻和神秘，充满着人们无法摆脱的诱惑。它原始的空间里含蓄着大自然无尽的威严。人们在它面前会自然地放弃世俗的追求，重新寻找自己野性的生命力。

  站在海拔五六千米的高原，环顾四周，天空碧蓝如洗，白云触手可及，那种视觉冲击力完全超过人们的想象。

  离天空那么近，你会产生一种对造物主感恩的冲动，会获得某种领悟，这一刻，你的心灵会变得纯净起来。

  在可可西里大漠孤烟的地方，奔跑的野牛卷起漫天烟尘，蹄声敲动着洪荒的鼓点，这是一首宁静和狂野的交响，你可以聆听到原野律动的脉搏。

  我有几个外地朋友，每年都要进藏，不是转山就是转湖，要不就是在阿里游荡。很难说是什么在吸引他们，也许是自然风光，也许是藏族风情，也许什么都不是，就是牵肠挂肚地要去。

在印度板块和欧亚板块的挤压下,隆起了雄伟的喜马拉雅山脉,年轻的青藏高原下面是脆弱又变幻莫测的地质形态。一个科学家形象地把青藏高原比喻成"一个漂浮的鸡蛋壳"。

2002年在滇藏线上,我遇到一个磕长头的汉子,他来自四川甘孜,三步一叩首,用身体丈量着通向天国的路。

他已经磕了七个月,额头上是铜钱大的老茧,脸上却是无怨无悔的笑容,给人一种难以名状的震撼。也许我们永远也不能到达他的内心世界,他的境界我只能仰视。

这些磕长头的人,有着各种各样的许愿目标,有的为生病的亲人祈福,有的为来世修行,不论什么动机驱使,他们用虔诚丈量着大地,让我充满深深的敬意。

在茶马古道,一个北京的朋友曾经问过一位磕长头的老者。年迈的老人头上锃亮的疤证明了朝圣路上的虔诚,破烂的皮围裙和花白的胡须在寒风中瑟瑟发抖。

准备跳巴塘旋子的藏族少年

在老人休歇的片刻,朋友问他为什么如此虔诚地磕头?老者看了他一眼,

考察路上的偶遇

2007年3月税晓洁、杨勇、作者冬季在暴风雪中走出柴达木

淡淡说了一句：为了这个世界没有战争！一句话让听者如雷贯耳，北京哥们儿当时的震撼，我完全能够感受到。至今想起，仍然会使自己的心灵受到一种冲击。

这是大善的修行，也是没有信仰的人无法理喻的修行。不得不承认信仰是人类生存的精神支柱。

藏族，一个世界屋脊的守望者，一个值得我们深深膜拜的民族。

去往青藏高原的路程历来是各种天堑和难以阻挡的诱惑交织而成的天路。雨季、塌方、暴雪等自然界的风险以及难以预料的社会风险，给这片神圣的大地构筑了高深的门槛，平添了许多神秘，也注定是勇敢者永恒的诱惑。

1883年一个欧洲人在中国三峡，面对雄奇险峻的幽谷，曾经发出这样一段感想："在欧洲，特别是在美洲，当你凝视最美丽的风景时，那些生硬的人造工程，常常让你兴致大减……但是在这里，在中国偏远的西部，人类与自然的和谐没有遭到人为的破坏。

"风水，从好的方面说，具有最高影响力，使人与土地保持和谐的关系，有如鸟与空气、鱼与水的关系一样，建筑物都与环境协调。城墙顺着高山低谷的走势蜿蜒起伏，并未显出与自然风貌相冲突的痕迹，而鲁莽的西方风格则疏于此道。这里没有想修建高于邻人房舍的塔楼，盗走他们的空气和阳光的好冒尖的暴发户……"（[英]阿奇博尔德·约翰·立德）

从古至今，人类对未知的世界始终怀有猎奇之欲，因而一代代探险家从未停止过探寻的脚步。层出不穷的新发现为我们揭示了宇宙和大地的秘密，更为科学研究提供了真凭实据。当时代前行到今天，世界的变化已是天翻地覆，现代科技突飞猛进，一点点改变着人类的生活方式。然而，我们在享受着它带来的财富和便捷的同时，也开始品尝日益严重的生态危机结出的恶果。一幕幕生态灾难的不断上演，迫使人类不得不重新认识到自己只是大自然的一个物种，必须要与自然界共存共生，和谐相处。

进入新世纪之后，越来越多的人开始寻梦荒野，走向自然，在大自然壮阔的怀抱里，人们敬畏自然，保护自然的生态意识渐渐觉醒，这是一个时代的反思与进步。但探险并不是冒险，它更多的是一种精神指向，一种迸发自心灵的力量。一个伟大的国家，一个优秀的民族，探险精神不可或缺。

探索未知的领域，对我而言，仿佛与生俱来就滋生在我的血脉中，每次行走在陌生的路途上，那种感觉充满了无以言喻的美妙。虽然伴随着诸多风险，但我不是那种把脑袋别在裤带上轻视生命的人。我曾经在许多场合谈到过自己人生方向的选择和对生命价值的认知，十几年里奔波在荒野中进行科考，数次达到生命的极限并与死神擦肩而过，付出了大量的时间、精力、金钱，甚至情感，这是一项没有索取，也不求回报的事业。我认为，生命就是一次旅行，你选择了不同的路径，看到的景致也不尽相同。我并不遗憾选择了这样的生活，甚至庆幸自己经历了别样的人生。

　　人的一生就像跨栏，每一次跳跃都是在战胜自我。当你回首走过的足迹，所有的失败、沮丧都会随风飘散。当一个人站在自己年龄的横杆前，不敢再抬腿的时候，那他就真的老啦！对于余下的生命，我想说的是：一个行者的结束不应该是在床上，而是在路上！

附录：高原冰雪行车、陷车自救宝典

在雪地超极限的行驶。

当我们在高原经历了无数次的陷车、拽车，我们一起分享陷车和自救的苦乐。

警惕暗冰和松软的路面

在高原行车，即使在阳光灿烂的日子里，也要警惕在弯道的背阴处，会有着暗冰；

在驾驶中，每一个背阴的弯道都不可掉以轻心，对不明的冰雪路况和弯道陡坡，一定要下车观察，确认路面的倾斜度和承受能力；

小心通过暗冰地带

夏季漫过公路的溪流，在冬季就成为了漫坡冰，漫坡冰的特点是向公路的另一侧倾斜；

遇到超过一定角度的暗冰，特别是那些光洁如玉，且表面仍有水流过的冰面，不能贸然通过，尤其不要以为挂上四驱就可以万无一失。

对 策

刨冰；用镐、锹等工具破坏冰面的角度，撒上细土或者细砂，或者是粗糙的树枝；

用低速档匀速前进，忌大角度打方向，忌急刹车；

如在行进途中发生停车，不可突然起步，要下车观察，并根据路

这样大的暗冰一定要清除

这种冰溜坡，开上去十有八九会坠落下去

况继续铺洒固状物，加大车轮附着力；

小油门起步，当感觉车尾摆动过大有侧滑的预兆时，要果断停车；

高原上有许多风化的岩石铺就的路面，尤其在大渡河、雅砻江、通天河一线傍山的乡村小路，雨后和化雪后的季节，路面松软，通过时要仔细观察再通过，速度要慢，小油门。忌换档，忌急刹车，最好有人引导通过。

弯道和下坡

1. 当你以恒定的速度行驶在干燥的路面时，动力会集中在前轮上，在转弯时，车的力矩有一个从前轮传导到后轮的过程，在弯道急刹车的时候容易发生侧滑，失去控制；

2. 在接近弯道时，应该有充分的时间减速，尽量使车与弯道外侧保持足够的安全距离，这样可以使车转弯不至于太急。在弯道的前半段转弯角度要切大些，这样在过弯时就可以逐渐回正方向出弯，就是大角度进，小角度出。提前减速，匀速通过，是最明智的选择；

3. 在冰雪地下坡，要低速匀速行驶，保证轮胎的最大抓地性能，忌猛踩刹车或者踩着刹车前进，那样轮胎没有了抓地力，会失去控制；

4. 每遇弯道，时刻保持预见性会车和停车的意识，不论在熙熙攘攘的公路还是在人迹罕至的高原，万不可在弯道、窄下坡、倾斜度较大的偏坡停车；

5. 下坡时一定要利用发动机的牵制作用，控制车速，尽量避免急踩刹车和急打方向，千万不能脱档滑行；

开路先锋

冰雪路行驶

1. 选择路是关键，尤其是在没有路和车辙参考的地段。在雪地中，如何驾驶要取决于雪有多厚，是否紧实及雪下的路面情况。如果在10厘米左右深的疏松雪层的表面下，是坚硬的路面或密度高的雪，可以较顺利地驾车通过，坚实的表面可以获得较好的附着力。虽然有的地方疏松的雪层下也有一层硬壳，但却没有足够的硬度以支撑车的重量，遇到类似的地段要特别小心，下面往往是大小深浅不一的沟壑；

2. 清晨和夜间是雪地行驶的最佳时间，低温度使路面变得坚硬，能承受车辆的雪壳在白天的温度下可能会融化；

3. 在雪非常深且有密度时，相对较轻的车辆在给轮胎放气后可以在表面通过，在泥泞中驾驶也与此相似。在轮胎放掉些气后，千万不要使用防滑链，气压不足时轮胎难以承受。在泥水状雪地上，可以使用的手段如降低胎压、装防滑链或使用绞盘等；

4. 雪天或光滑的路面行车时，要保持车辆的速度均匀，加减油门和加减档位，动作要柔和平稳；

5. 在地形不熟悉的雪地上行驶，较慢的速度有利于当前轮发生下陷的时候，使你在短暂的时间内有机会采取措施；

6. 忌猛打方向盘，即使在宽阔地段也是如此，有时一个角度的偏差，可能会造成车辆的失控。笔者曾经在通天河的冰原上由于大意发生过转向过度的侧滑，后轮滑向弯道外侧，造成汽车连续旋转360度。这种"冰上芭蕾"使后轮失去抓地力，有极大的倾覆翻滚的危险；

7. 行驶中刹车时禁踩离合，最忌讳脱档行驶；

8. 如果速度较高或需要尽快刹车时，可以直接选择跃级减档并刹车，但刹车时不要一下踩死，如果感觉车轮抱死，立即松开刹车踏板再踩，力度依旧是逐渐增加；

9. 遇到紧急情况下的间断制动法——踩下刹车踏板，达到踏板行程1/2至3/4，再松回1/4行程，利用这种迅速踏下和松起制动踏板多次的方法，使车辆减速停车。有着ABS的做功形式，也就是我们常说的"点刹"，既不让车轮抱死，又达到降低车速的目的；

10. 在冬季的高原，汽车雨刮器通常会被冻住而失去作用，强行启用会造成电机的烧毁，这时驾驶员要不断地下车擦去冰雪，确保行车安全。

侧 滑

雪地驾驶，经常会遇到侧滑，出现侧滑的原因很多：

1. 在弯道中方向盘打得太急会发生侧滑，特别是在车驶向下坡弯道时，因为后轮的负荷相对变小了；

2. 常见的错误是：你可能会将方向盘更多地转向弯道，强行使车转弯，这会使车进入大角度的旋转甚至翻滚，所以，如果车开始后轮侧滑，千万不要向弯道内侧更多地转动方向盘；

3. 猛踩刹车。会使后轮的负荷向前移而使附着力更小，会让侧滑更加严重和剧烈，在发生后轮侧滑的时候，千万不要碰刹车；

4. 向后轮侧滑方向转向过多，会使车头猛甩向弯道外侧，同时后轮又向弯道内侧侧滑，发生反向侧滑。在你向反方向转向过多时，车又会甩回来，可能最终在失去控制时发生旋转。当感觉到车发生侧滑时就应迅速小幅度地纠正方向。

应对办法

1. 当遇到车辆侧滑时，应顺着侧滑方向轻打方向盘，可有效避免

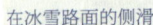
在冰雪路面的侧滑

甩尾或原地掉头。待车身回正后,再轻踩刹车减速直到完全控制住车辆。跑偏时应轻踩油门将车带出;

  2. 发生侧滑,要保持冷静,若是因制动引起的应立即停止制动,车辆向左侧滑就向左打方向盘,反之亦然,但动作不能过大,否则又会向相反方向侧滑;

  3. 不能使用手刹制动,因为大部分车辆的手刹都是制动后轮的,会加大发生侧滑的可能;

  4. 行车时,遇到小角度的转弯或路面结冰的情况,急刹车会使车发生侧滑。一般的做法是:立即向后轮侧滑的方向打动方向盘。这样做可以有效减弱后轮侧滑,重新控制车的前进方向,不能踩刹车,甚至还要加一点油,使后轮获得更大的抓地力,将打滑的情况纠正过来。打方向盘的速度和幅度也要适度,避免回轮不及时造成新的侧滑;

  5. 前轮驱动的车辆,有动力驱动的前轮会较容易地将车拉出侧滑状态,你可以在朝侧滑方向转向的同时大胆地踩油门加速,即使后轮已侧滑摆动90度也同样可以使车回正;

  6. 四轮驱动同样有助于使车从转向过度的侧滑中解出,可以加速用有动力驱动的前轮将车拉出侧滑状态。

  防 止:

  1. 降档使后轮转动受阻而发生剧烈的转向过度侧滑。无论是四驱还是两驱,都应该在降档之前轻点刹车减速;

  2. 最好的方法不是在发生侧滑后纠正,而是尽可能地避免侧滑的发生,如上所述,在弯道情况不明的时候提前减速通过不失为明智之举。

涉过湍急的河流

河床下,一般多为沙地和鹅卵石,柔软的沙地易陷车,鹅卵石易卡住车轮顶住车底架。

1. 在涉过河流前,一定要寻找最佳的地段,较浅和狭窄的河段,以斜线角度顺流而下,利用水流的冲击力过河,切忌不可逆流而上;
2. 缓慢地驶下河坡,当后轮接触到河床,开始匀速加油,忌随意回油门;
3. 前轮在行进中要小角度地不断调整,防止被卡在石头的缝隙中;
4. 要时刻感觉四个轮子在河床的受力状况。当感觉到有下陷和卡住的时候,切忌猛加油门,因为突然的加油,可能会使轮胎在加速过程中,下陷加深;
5. 试探着倒车,倒车成功后,重新调正角度前进;
6. 如果驾驶的手段未能奏效,发生陷车,请参照拖拽与自救。

车陷冰河

选择好过河的道路很重要

冰河行车

选择坚硬的冰面是安全的前提，这取决驾驶员要对自己所处冰河的环境了解多少。

1. 在冰河上行驶陷车是正常的；

2. 在冰河上行驶，你的每一根弦都要随时绷紧，因为你对车轮下的冰层是无法完全了解的；

3. 始终保持对预设的情况有准备的状态，任何时候都能经受住陷车的考验。事先考虑到预防方法和发生任何状况的可能性，做好心理和行动准备；

4. 当车陷到河床时，要立即减速，刹车动作切忌过猛，更不要惊慌失措，迅速判断是否停车或者继续前进；

5. 试着倒车，倒车成功后，调整角度前进；

6. 如果感到车的动力依然充足，车轮抓地无阻碍，可继续稳住油

选择合适的路线

门向对岸目标前进;

7. 如果冰层塌陷,车身搁浅,车轮附着力减小,不要关掉发动机,停止徒劳的挣扎,那样只会使车辆越陷越深;

8. 如果驾驶的手段未能奏效,车陷冰河,请参照拖拽与自救。

拖拽与自救

1. 在有救援车的前提下,拖拽是简单和省时的办法;

2. 拖拽陷在雪地和冰河中的车辆,要观察车辆下陷的深度和角度,寻找最佳的拖拽角度;

3. 对有倾覆可能的车辆,如果条件许可,首先要对有可能倾覆的一侧予以加固或者支撑;

4. 在高原穿越,车辆应配备长短各一根拖拽绳索,对冰河的陷车拖拽一般要使用较长的拖拽绳索(30米以上);

在冰河上陷车十分正常

5. 救援车在拖拽时,要和陷车驾驶员保持一致的动作,保证车辆拖拽力度的一致和协调;

6. 救援车起步要柔和,尽量不要使用半脚离合器,在拖拽不顺利的情况下,不要连续反复地拖拽,防止烧坏救援车的离合器;

7. 在正常拖拽无法成功的情况下,要对被陷车辆进行千斤顶抬高和对轮胎下端进行固体材料填充(如沙石)等辅助救助。

陷车冰河首先要清理拖拽通道

工 具

千斤顶：

一般要携带大型立式升举（举升高度一般在60厘米以上为宜）和手动油压千斤顶各一个。视情况配合使用。

对陷入水下较深的轮胎要在下方垫放木板，垂直有力于大梁底部和轮胎外轴顶端。

抬升到一定位置后，要及时填充辅料、沙石等，如未能在此位置驶出，填充后的位置在继续抬升加高直至驶出为止。

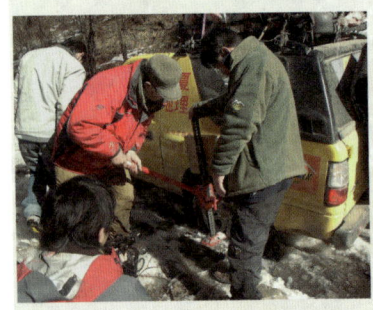 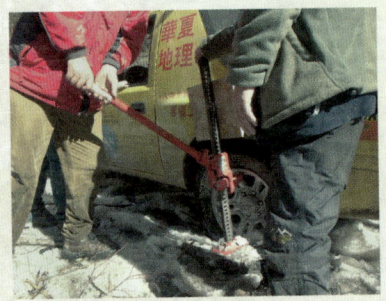

这种千斤顶是自救的利器之一

沙土、石块：

沙土石块是随处可见的最顺手的辅助材料。

木板：

在高原许多地方，如可可西里的荒漠区，那里没有任何石块，一旦陷车，小型木板是千斤顶不可缺的支撑物；

一块长约2米的木板是高原藏族司机随车携带的必备装备，对于一般的单边陷车，只要把木板放在轮下，就可自救。

常用方法：千斤顶和木板的配合

车辆寒冷状态下的准备与保养

1. 出发前换装专用雪地大花纹轮胎并加换防冻液；如是柴油车要寻找相对应的负号冬季柴油；

2. 在寒冷地带，当温度达到零下20度左右的时候，离合器会被冻住，发动时要踩下离合器配合油门；

3. 夜间在野外宿营，要对汽车的发动机加以保护，可用大衣或者棉被对发动机保温，以防温度过低，发生冻裂和启动困难；

4. 车在行驶的状态下要不间断检查，重点是轮胎和螺丝，气压和平衡；

5. 不间断地敲掉附着在挡雨板和轮胎上的冰雪，它的附着力会增加车的能耗。

走过的不是路

他们大多出生在那个仰慕英雄的年代，有着挥之不去的英雄情结。

他们首面临生死的考验。

他们也首面临资金短缺的窘境。

从2006年开始，在中国治理荒漠化基金会的支持下，这支题以"中国治理荒漠化基金会、横断山研究会"为主项目委以"名称"的西部水资源考察队，由科学家、新闻工作者、作家、志愿者组成。他们在地质环境专家……的全车画多的带领下，通过民间环保组任捐助和队员个人资金，以及企业和媒体的有限资助，以独立科考项目的方式，翌年、漂流、徒步，开始了长达十多年、行车里数万公里的西部大江大河水资源状况调查。

十多年来，这支考察队数次深入西部大河源头腹地，用真实的文字和镜头客观记录、描述了其自然生态、状况和演变，也记述了

后记：

走过的不是路

他们大多出生在那个仰慕英雄的年代，有着强烈的英雄主义情结。

他们曾面临生死瞬间的考验。

他们也曾面临资金短缺的窘境。

从 2006 年开始，在中国治理荒漠化基金会支持下，这支冠以"中国治理荒漠化基金会、横断山研究会独立项目考察队"名称的西部水资源考察队，由科学家、新闻工作者、作家、志愿者组成。他们在地质环境专家、探险家杨勇的带领下，通过民间环保组织捐助和队员个人资金以及企业和媒体有限的资助，以独立科考项目的方式，驾车、漂流、徒步，开始了长达十多年、行程数万公里的西部大江大河水资源状况考察。

考察队足迹遍及三江源、雅砻江、怒江、雅鲁藏布江、可可西里，跨越了青海、西藏、新疆、甘肃、宁夏、内蒙古、陕西、山西等地。

十多年来，这支考察队数次深入西部大河源头腹地，用真实的文字和镜头客观记录描述了其自然生态的现状和演变，也见证了人们生态意识的觉醒，同时也力求以民间的科考力量参与到政府决策过程中，希望为中华民族的可持续发展作出切实的贡献。

在中国，民间科考力量尚处在萌芽状态，专业力量和资金来源等都存在着诸多困境。但毋庸置疑的是，中国民间科考以及民间生态意识的不断提升，其存在本身就是一个国家科学素养的标杆。当更多的人把视野投向广袤的宇宙星空、山川河流，关注生态与自然的关系时，正是一个民族探险意识和科技力量崛起之时。

在十多年的行走路上，面对险恶的自然环境和资金短缺时，考察队需要具备超越常人的意志和应对各种困难的能力。事实证明，这支考察队经受了数不清的陷车、坠河，迷失暴风雪等各种险象环生和极端环境的考验，共同创造了中国民间科学考察探险史上的传奇。诸多难度和险度超越了生命和设备的极限，受到了社会各界的高度关注。

十多年的行走和记录，文字和图片在时间轴线上有了很大跨度。所以书中多以考察线路来梳理，按照考察的地点和地区归纳章节。例如某条线路上的各个考察点，可能分为不同年份，但在书中是按照考察线路记述，而不是按照当年所抵达的地点撰写，这样可能在阅读时略显得碎片化，但我们相信读者都有着非凡的分辨力。

十年转头空，江山依旧在。考察队员从青年步入中年，壮年步入老年。十多年来，中国生态环境领域发生了历史性和转折性变化，尤其是可可西里成功列入世界自然遗产名录和三江源国家公园的正式设立之后，三江源民众参与生态保护行动积极性快速提高，生态保护成果效益日益凸显。我们欣喜地看到许多河流变清澈了，多年前冒着黑烟的工厂不再"排毒"或者已然消失，一幅人与自然和谐共生的生态美图正在这片大地上徐徐展开。

这本书并非一条大河的游记，也不是一部探险指南，这只是我们走过的一些未敢称之的"路"，因为我们走过的根本就不是路……

这本书能够面世，已然超出了个人之力，故在此特别鸣谢多年来持续给予我们物质支持和关注的朋友，让我们还有继续行走的动力和能力。他们是著名科学家李维东先生、广州极地户外用品公司温建全先生、湖北宜昌北山超市连锁有限公司董事长姚华先生、湖北宜昌市中医院周刚先生以及这些年同甘共苦的队友，他们是：杨勇、王方辰、税晓洁、杨西虎、耿栋、李国平、王众志，王玮玲（女）、李京燕（女）、赵锦（女）、张鹤、袁晓锦、刘砚、杨帆、邓天成、格金·达哇扎西、侯卫东、张一（蓝调）、王兵（爵士冰）、陈华民（猴哥），湖北宜昌康福山庄宋国庆，湖北宜昌市施书阁。

在此特别致敬远行天国的探险勇士许瑞祥先生。

最后深深致谢青海人民出版社的抬爱和《三江源生态》杂志主编唐涓老师对本书的精心修润。

2021年3月26日于湖北三峡

●●●徐晓光,笔名苍狼,探险作家,中国探险协会理事。当过兵,做过警察教官及企业高管。曾驾驶摩托车穿越川滇和青藏高原,徒步考察大巴山、神农架;参与过长江源头和汉江漂流、生态探险考察,先后被评选为"中国十大徒步人物"、第八届"中国当代徐霞客"。

创作有中国首部反映铁路警察的电视剧《铁道刑警》,著有《剑气箫声》、《苍狼之旅》、《大江寻源——三江源生死之旅》(合著)、《水问——中国西部江河巡礼》《向水而行》(合著)、《大脚印——中美合拍电影手记》等。